ラルーナ文庫

JN129610

つがいは愛の巣へ帰る

鳥舟あや

三交社

CONTENTS

Illustration

葛西リカコ

つがいは愛の巣へ帰る

本作品はフィクションです。
実際の人物・団体・事件などにはいっさい関係ありません。

【1】


リビングのローソファに、獣人が座っている。

人間の体の二倍はあろうかというオス虎《とら》の獣人だ。

立派な図体《ずうたい》には幅も厚みもあって、全身が豊かな毛皮で覆われている。

その獣人が片膝《かたひざ》を立てた股《また》の間には、ウラナケが座っていた。

ここがウラナケの特等席だ。まるでウラナケの為《ため》に誂《あつら》えた椅子《いす》みたいに、ぴったり、すっぽり、収まって、座り心地がとても良い。

ウラナケのほうはゆるいスウェットの上だけを着て、獣人のほうはそのスウェットの下だけを穿《は》いている。

深夜の二十六時をいくらか回った頃だ。

二人ともくつろいだ様子で、テレビを見ながら小瓶のビールを飲んでいた。

「あんまり面白い番組ないなー……ふぁああ……ぁー……ねむい……」

ウラナケは意味もなくテレビのリモコンを操作し、ザッピングしながら大欠伸《おおあくび》だ。

「眠いなら寝ろ」

獣人は、肉球のある手でそのリモコンを奪いとった。

武骨な手をしているわりに、繊細で、優しげな手つきだ。

「んー……、もうちょっと起きてたい。アガヒ、映画チャンネルにして」

獣人をアガヒと呼んだウラナケは、そのまたぐらでもぞもぞと尻《しり》の位置をずらし、足もとに丸まったブランケットを爪先《つまさき》で手繰り寄せる。

「寒いか？」

「ちょっとだけ」

ウラナケがそう答えると、アガヒは、ぬ……と太い腕を伸ばし、くちゃくちゃのブランケットごとウラナケを懐に抱え直した。

「これでどうだ？」

「あったかい。……アガヒ、それ映画チャンネルじゃない。カートゥーン」

「自分で変えろ。細かい作業は好かん」

アガヒの太い指では、リモコン操作も一苦労だ。

ウラナケにリモコンを握らせて、自分の両腕はウラナケの腹に回す。

己の胸に埋もれるほどしっかりとウラナケを抱き寄せ、がぶり。

うなじを嚙《か》む。

「アガヒ、首、いたい」

ウラナケは文句を垂れるが、自分の頬《ほお》がゆるんでいることを知っている。

「あぁ……」

がぶ、がぶ。

上の空で返事をしつつも、その首筋を甘噛みするのはやめられない。

「もー……痛いって言ってんじゃんか。またマズルガードつけたい？」

「あれは勘弁してくれ」

ザリザリした舌で首の裏を舐《な》め、名残惜しげに牙《きば》を離す。

「あ、映画始まる。アガヒ、静かにしてろよ」

「……分かった。これ、お前が見たがっていた映画か？」

「そう、見たかったやつ」

ウラナケは、壁掛けのテレビへ視線を向ける。

アガヒはウラナケを包みこむソファになって、じっと動かない。

肉球のぷにぷにした手がウラナケの素肌に触れて、あったかい。

「……ふぁ、あぁ……」

どちらもが映画に見入っていたが、ＣＭに入るなりウラナケがまた欠伸をした。

「ベッドへ行くか？」

「行かない。……なぁアガヒ、この製薬会社って、明日、仕事予定のとこだよな？」

「あぁ、そうだ」

「テレビにCM打つくらいのでっかい会社だったんだ」

「それなりにな。……明日の対象は、ここの会社代表の甥子《おいご》だな」

「ふぅん、……アガヒ、ペット用のネコフードと、獣人用のネコフードの違いってなに？」

製薬会社のCMが終わると、ネコ科獣人用食品のCMが始まった。

「この手のは、オーガニックが好きな獣人には人気だ。ペットフードのように、アダルトやシニアといった分類もないし、添加物も加工法も人間の食べ物と同じだ」

ウラナケの頭に顎《あご》を乗せて、ごろごろ喉《のど》を鳴らす。

「獣人はそんなに食べ物に気をつけなくていいのに、アガヒの作るメシはいつも薄味だよな」

「うちは外食が多い。家で作る時くらいは塩分控えめにしろと言い出したのはお前だ」

「そうだった。……あー、猫見てたら、近所で見かけた野良猫思い出した。あいつ、まだ仔猫《こねこ》だよな？　親猫いないみたいだし、ちょっと心配」

「あの野良猫なら、向かいのアパートのコモドドラゴンの夫婦が引き取った」

「そうなんだ？　晩ご飯用？」

「動物病院へ連れていって、首輪をつけていたから、飼い猫にするんじゃないか？」

「そっか……じゃあ、触って大丈夫になったら触らせてもらお」

「猫なら、もう家にいるのに？」

「猫は猫でも、うちの猫は特別でっかいからなぁ」

　ごろごろ、すりすり。

　ウラナケはアガヒの大胸筋を覆う毛皮に頬をすり寄せ、もふっと埋《うず》もれる。

「特別でかい虎猫もいいもんだろ？　それに、この商売では生き物も飼えんしな」

「じゃあ、このでっかい虎猫で我慢してやるか」

「……さて、虎は俺だが、ネコは誰《だれ》だ？」

「俺だ」

　首を反らせてアガヒを仰ぎ見て、頬のふわふわをわしゃわしゃと撫《な》でくり回した。

＊

　某日、日付も変わった深夜二十六時すぎ。

　パトカーと救急車のサイレンが、冬の冷たい風に乗ってアガヒの耳に届く。

　半時間ほど前、チャイナタウンのＳＭクラブで男が死んだ。

阿片《あへん》中毒の男が、今夜も金にモノを言わせて上モノの阿片を喫《の》み、獣人の女王様たちからおしおきされている、……その真っ最中に死んだ。

この男には、自分の尻や口腔《こうこう》に拳銃を挿《い》れてもらい、泣かせて欲しがる性癖があった。

だが、それ以外は真面目《まじめ》な男で、資産家の家にこそ生まれたものの、彼の母親一族が経営する製薬会社に勤め、日々、懸命に新薬の開発に取り組む研究者でしかなかった。

だが、今夜は、彼にとって運悪く、お楽しみの最中に拳銃が暴発した。

「うぅ、寒い……お待たせ、アガヒ」

死んだ男の為に鳴るサイレンが途絶えた頃、ウラナケがアガヒと合流した。

アガヒはチャイナタウンの中心部にある関帝廟《かんていびょう》で待っていた。

「ご苦労だったな」

寒い寒いと震えるウラナケの風上に立ち、壁になる。

「ちゃんと見届けてきた。欲張って女王様に両方可愛《かわい》がってもらったばっかりにさ……、クェイ家の坊ちゃんは、しっかりお尻とお顔が大爆発」

「女王様に怪我《けが》はなかったか？」

アガヒとウラナケは関帝廟を出て、新市街地へと足を向ける。

「女王様は無事。坊ちゃんの死体はクェイ家の若い衆が回収していった。いちおう、アガヒの指示通り、警察も呼んどいたけど、手出しできずに引き返してた」

「チャイナタウンで起きた事件だ。内輪でカタをつけるんだろう」

「じゃ、アガヒの計画通りってことだ」

今日はぼろい商売だった。

人を一人殺して二千万。

長く殺し屋をやっていても、こんな大盤振る舞いに遭遇する機会は滅多とない。

よっぽどの大物が削除対象ならまだしもだが、ウラナケとアガヒは、そんな大きな商売には手を出していない。

それに、今回の標的は、国内最大手の製薬会社代表の甥っ子だ。

こういう大がかりな依頼の時は、仕事にとりかかる前に、ひと通り怪しむ。

こちらに危害が及ばぬよう、対象者への調査を密に行い、慎重に慎重を期す。

だが、今回は特に目立った点はなかった。

ただ、半年ほど前に、彼の遠縁夫婦というのが亡くなっていたが、彼自身との接点は、ほとんどない。

「……依頼主は、なんであんな殺し方指定してきたのかな。……あの坊ちゃん、かなりの恨み買ってたんだろうな」

「対象者本人ではなく、会社や経営者一族への恨み……、可能性は無限にある」

「家がデカいと大変だな。……やっぱ寒い、上着貸して。アガヒ、自分の毛皮あるだろ」

「お前も上着を着ているだろう？」

なかば追い剝《は》ぎのように上着を脱がされたアガヒは、自分の着ているチェスターコートをウラナケの肩に着せてやる。

「ぬくぃ」

ショートトレンチの上から着てもまだ大きいコートに埋もれて、ウラナケは首を縮こめる。

襟周りに鼻先を寄せると、アガヒのにおいがする。

でも、アガヒのにおいがするのは気のせいかもしれない。

長いこと一緒に生活していると、アガヒの匂《にお》いと自分の匂いがほぼ同じになって、その匂いが好きな匂いという以外は、区別がつきにくい。

「まっすぐ歩け」

目を閉じてうっとりするウラナケの肩を抱き寄せ、アガヒは、視線を下ろしたすぐ先にあるウラナケのつむじに唇を落とす。

「アガヒ、袖口のボタンとれかかってんじゃん。いつから？」

ウラナケは、アガヒの袖口のボタンに目を留めた。

「一昨日《おととい》」

「一昨日って……あぁ、情報収集の時か。どんくさいなぁ」

「お前を庇《かば》った時に引っ張られたんだが……言うのはそれだけか？」

「ここんとこ仕事立てこんでて忙しかったからなぁ。家に帰ったらボタンつけとくよ」

コートを誂えた時に、仕立て屋が予備のボタンをくれた。

それを裁縫箱に入れていたはずだ。

「頼んだ。裁縫は、どうにも気が進まん」

「その手で頑張って針に糸通してるアガヒを見るの、俺は楽しいけどな」

背伸びしたウラナケは、アガヒの口端に唇を寄せる。

すると、いたずらっ子を窘《たしな》めるように、爪《つめ》を丸めたアガヒの手が、むに、とウラナケの頬をつまむ。

そして、いつもの習慣で、ウラナケの左口端の黒子《ほくろ》に唇を寄せた。

「アガヒ、残金が振り込まれた」

ウラナケは左腕をアガヒの腰に回し、右手だけで器用に携帯電話を操作すると、ネットバンクの入金履歴をアガヒに確認してもらう。

「確かに入金されてるな。間違いない」

「やったね～、今年最後の大仕事おしまい～」

ウラナケは携帯電話を頭上にぽんと放り投げてキャッチする。

これで、今年最後の大仕事は無事完了だ。

あとは、小遣い稼ぎに小さな仕事をいくつかこなして、クリスマスを迎える頃には休暇に入り、アガヒと二人で新年を祝うだけ。

新年以降の仕事はアガヒが予定を立ててくれているから心配ないし、ウラナケは来年も張り切ってなにも考えずに対象を殺すことだけに専念していればいい。

ウラナケは、どんな場面でも本能で判断して行動するタイプだから、ややこしいことはぜんぶアガヒに丸投げだ。

それに対して、アガヒは物事を順序立てて構築し、計画性を持って実行に移すタイプだから、難しいことはアガヒが考えて、アガヒが決める。

拳銃に細工をするといった細かい作業はウラナケのほうが得意だし、ＳＭクラブの女王様と話をつけたり、仕事の完遂を目立たぬ場所から見届けるのもウラナケのほうが適任だけれども、裏付け調査の段取りを組んだり、拳銃を細工して事故死に見せかける計画を練ったり、いざという時に即時対応できるのは、司令塔であるアガヒだ。

この形で、十年近く二人で仕事をしている。

この仕事を始めて十年近くというだけで、出会ったのはもっと前だ。

一緒に暮らし始めて、彼是《かれこれ》十三年になる。

ちょっと職業が特殊なだけの、普通の夫婦。

日常も、生死も、仕事の報酬も、なにもかも二人で分かち合っている。

ここ最近は公私ともに問題もなく、商売繁盛、家庭円満、順調な日々が続いているし、仕事にかんしては二人ともドライなほうだから、後に引きずることもない。

もし仕事で落ちこんだとしても、アガヒにはウラナケが、ウラナケにはアガヒがいる。

実際になにかを相談したり、話を聞いてもらわなくても、「まぁ、俺にはアガヒがいるし」「俺にはウラナケがいるからな」と自分で思うだけで、落ちこんだ気分も浮上する。

そうやって自己暗示をかけられるくらいには、お互いに信頼を寄せていた。

「アガヒ、明日はスラムだよな？」

「頼んでいたパーツが入荷したから引き取ってくる。……お前は家にいるか？」

「うん。帰りに、大通りのアインブロートのライ麦パン買ってきて」

「ワインとチーズも忘れずに？」

「そう。昼には帰ってくるだろ？　昼メシなにがいい？　用意しとく」

「久しぶりに和食が食いたい。それと、いなり寿司」

「了解。腕によりかけとく。……んじゃぁまぁ、とりあえず、今夜は七丁目のバルで一杯やってこう」

ウラナケはアガヒと腕を組み、七丁目に進路変更させる。

アガヒはやれやれといった様子で、「飲みすぎてくれるなよ」とは言ったけれど、尻尾《しっぽ》を揺らして嬉《うれ》しそうにウラナケに引っ張られて行った。

【2】

殺し屋なんて稼業を営んでいるが、そう毎日ひっきりなしに殺しの依頼がくるわけでもない。

そういう時に遊んでいると、あっという間に貯金が底をつく。

だから、商売仲間のサポートに入ったり、探り屋の情報収集や裏付け調査の助手をしたり、運び屋の真似事《まねごと》をしたり、誰かの護衛に就いたりする。

ありがたいことに、こういった商売をしていると、大なり小なりどこからともなく依頼が舞いこんでくるから、食うには困らない。

ウラナケは手先が器用で、獣人が苦手とする分野の助っ人として重宝される。

暴力沙汰《ざた》や頭数が必要な時、知恵者が求められている時は、見た目に威圧感のあるうえに賢いアガヒが呼ばれる。

アガヒとウラナケの両方が、いつも必ず同時に必要とは限らないから、それぞれ、個別で仕事を請け負うこともある。

仕事関連のことで、「ウラナケ、その仕事は受けるな」とか「アガヒ、それやめといたほうがいいんじゃね？」とかは、どちらもあまり言わない。

それぞれが淡々と仕事を引き受け、「俺、来週からこういう仕事で留守にするから」とか、「先日の依頼が正式に決まったから、俺はお前と入れ違いで二日留守にする予定だ」とか、仕事の内容を端的に伝える程度で、あっさりしている。

阿片中毒の男を殺して二週間後。

その日も、アガヒは単独で仕事に出かけていた。

ウラナケは終日オフだ。

自分一人だし昼メシは手抜きでいいか……と、チャイナタウンの中華料理屋で腹ごしらえをして、ついでに夕飯の買い出しをした。

豚の角煮とエビチリ、空芯菜《くうしんさい》の炒《いた》め物、ほかに何品かをデリで仕入れた。

自分で作ってもいいが、チャイナタウンにはアガヒのお気に入りのデリがある。

遅めの昼食を摂《と》っている時に、帰りは夕飯時になるとアガヒから連絡があった。

この仕事、イレギュラーも発生するから、夕飯時の帰宅が翌日の深夜になることもままあるので、あまりアテにはしていない。

それでも、小腹を空《す》かして帰ってくるであろうアガヒの為に、あれやこれやと買いこんでしまった。

「……あ、はるさめ安い。豚肉と青梗菜《チンゲンサイ》あったし、一品くらい作るか……」

右腕に紹興酒の瓶を抱えたウラナケは、道を一本逸《そ》れて、小さな商店が軒を連ねる界隈《かいわい》へと足を踏み入れた。

この通りに入ると、途端に観光客が減って、地元民が日用品や食品を買いそろえる為の商店が多くなる。

「救命《ジウミン》！」

甲高い叫び声が、あたり一帯に響いた。

チャイナタウンでは珍しくもない言語だが、その意味は珍しい。

助けて、という意味だ。

ウラナケは、声のした方向へ顔を向ける。

じっとそちらを凝視していると、往来を行き交う大人の太腿《ふともも》あたりから、ぴよっ、と、二本の白い耳が飛び出た。

玉兎《ぎょくと》だ。

それも、まだ産毛もやわらかな仔兎《こうさぎ》。

耳と尻尾以外はヒトの形をしているところから察するに、獣人ではなく人外の類《たぐい》だろう。

獣人と違って、人外はヒトに化ける種類が多い。

特に、子供の人外は、耳や尻尾といった本性を隠せない者が大半だ。

その仔兎が、雑踏を掻《か》き分け、転びそうになりながらこちらへ駆けてくる。

真冬にしては寒々しい薄手のコートの裾《すそ》から、安っぽいニットレースのワンピースが蝶々《ちょうちょう》のように舞う。

仔兎が飛ぶように走るたび、ぼんぼりみたいにまんまるな尻尾がぽよぽよ跳ねて、揺れて、ぴょん！

「わっ！」

ウラナケの懐に飛びこんできた。

「エイ、ニン！　ジゥミン！（そこの人、助けて！）」

「……なんて言ってんの？　……俺、買い物で使う以外の中国語ムリなんだけど……」

「クァイパォ！　クァイ！　クァイ！（早く走って！　早く！　早く！）」

「公用語！　こーよーごで喋《しゃべ》って！　俺、中国語分かんない！　お嬢！　公用語！」

中国語で捲《まく》し立てられたウラナケは、仔兎を両腕で抱え、仔兎と同じくらいの声量で叫び返す。

「走って‼」

賢い仔兎は、すぐに公用語に切り替えて、もっと大きな声で叫んだ。

「……なんで？」

「追われてるから！」

仔兎は、長い耳で自分の背後を指し示す。

長袍《チャンパオ》を身につけた人相の悪い男たちが、仔兎めがけて走ってくるのが見えた。

「早く！　お願い！」

「……いたたた！」

操縦桿《そうじゅうかん》のように髪を摑《つか》まれたウラナケは、たまらず走り出した。

＊

今夜中に帰ると連絡したアガヒが帰宅したのは、結局、日付を跨《また》いだ翌朝だった。

この時間帯なら、ウラナケはまだ眠っているはずだ。

アガヒは玄関で静かにコートを脱ぎ、いつもの習慣で、でも小声で「ただいま」と声をかけて室内へ入る。

「……ウラナケ？」

アガヒは、くん、と鼻先をひくつかせた。

自分とウラナケだけの巣に、ほかの獣のにおいが混じっている。

まさか仕事の逆恨みで襲撃でもされたか……。

そんな考えが一瞬脳裏をよぎったが、それはアガヒの杞憂《きゆう》に終わった。

アガヒが足早にリビングへ踏みこむと、ソファでうたた寝しているウラナケを見つけた。

ソファのアームレストから、ウラナケの長い足がにょきっと飛び出ている。

「…………幼女買春……」

ただ、その腹には、男所帯では見かけないレースの塊が乗っかっていた。

こんなに可愛いレースにお目にかかるのは、ウラナケが酔っぱらった時に穿いてくれた女物の下着以来だ。

だが、生憎《あいにく》、このレースは下着ではなく、可愛らしいドレスの一部分だ。

そのドレスは、仔兎の幼女が身につけていた。

ウラナケも、その幼女も、すやすやとよく眠っていて、起こすのが可哀想《かわいそう》なほど幸せな表情をしている。

「……わぁ……めずらしい、希少種の虎さんだ……」

アガヒの視線を感じてか、仔兎が目を醒《さ》ました。

桃色と血色を混ぜた瞳《ひとみ》をぱちぱちして、アガヒを見上げている。

真ん中が薄桃色をした長耳で、全体的に雪のように白い。

「すごい、本当にいるんだ……、青虎《せいこ》とカスピトラとアムールトラの血がぜんぶ出てる。どういう掛け合わせなんだろ……すごい、おっきい、強そう、賢そう、立派なたてがみ、きれいな瞳、……資料で見るよりずっとかっこいい」

「失礼、お嬢さん。……どなたで？」

アガヒはその場に片膝をつき、寝惚《ねぼ》けまなこの小さな淑女に礼儀を払う。

「……ぴ、ゃっ」

仔兎は、自分が寝惚けていたことを自覚したのか、耳を逆立てて、まだ寝こけているウラナケの腹に突っ伏して顔を隠す。

どうやら、この仔兎は、すこしばかり臆病《おくびょう》な性質のようだ。

「すまない、こわがらせてしまっただろうか？」

「……あの、ごめんなさい、大丈夫です。……初めまして、こんにちは……わたし、玉兎族のユィランです……お留守の時に、お邪魔してごめんなさい……」

まだ五、六歳であろうユィランは、ウラナケの腹からちょびっとだけ顔を上げ、お尻のまんまる尻尾をぷるぷる震わせて挨拶《あいさつ》をした。

「……んぁ？　ぁ……ふぁあ……ぁがひ？　おぁえり？」

遅れて目を醒ましたウラナケが、腕を伸ばしてアガヒを引き寄せ、「おかえり」とキスをする。

「ただいま。……こら、二度寝するな。説明をしろ。……ユィランが落ちる」

ウラナケの腹に乗っていたユィランがずり落ちるのを、アガヒが受けとめる。

「ありがとう」

ユィランはアガヒの手を借りて、よいしょ、と片足ずつソファから下りた。

かなり小柄で、まっすぐ立ってもアガヒの膝よりずっと下に頭がある。

「ほら、ウラナケ、起きるんだ」

アガヒはウラナケの黒子にキスをして、ぺろりと頬を舐め、いまにも寝息を立てそうなウラナケを揺り起こす。

「んー……ぁー……？　分かった分かった、起きる、起きるから……あいたた、変な体勢で寝てたから腰痛い、アガヒ、起こして……」

「ソファで寝るからだ」

「あのね、……ウラナケ、ソファで寝る前は玄関で寝ようとしたの……それを、わたしがソファまで引っ張ってきたんだけど……」

ユィランは、ウラナケの背中をよしよしと撫でる。

「ふぁあーあぁ……お嬢、ありがと。ついでに説明よろしく……」

アガヒとユィランの二人がかりで体を起こしてもらったウラナケは、大きな欠伸を隠しもせず、ユィランに説明を任せた。

「……わたしがしていいの？」

「うん、お嬢のほうが確実。俺、説明下手だし……」

「えっと、あの……それじゃあ、がんばって説明するので、聞いてください……」

ユィランは、ソファに座るウラナケの向こう脛《ずね》にぎゅっとしがみつきながら話す。

アガヒが留守の間に、ウラナケとユィランは打ち解け、仲良くなったようだ。

しかも、聡《さと》いユィランは、ウラナケの物臭な性格を短時間で把握したらしい。

小動物のユィランは、滅多に触れ合うことのない大型肉食獣のアガヒにビクビクしながらも、ここまでの経緯を頑張って説明してくれた。

だが、そのユィラン自身も状況把握できぬまま逃げてきたらしく、説明は、終始、ユィランの身の上話となった。

ユィランは、玉兎族のなかでも名家中の名家、クェイ家の出身だ。

父親は現当主センジョ。母親はクェイ家の使用人。

いわゆる、妾腹《めかけばら》の子供、というやつだ。

ユィラン自身もクェイ家の本宅で暮らしたことはなく、産みの母親と育ての父親の三人で、チャイナタウンの片隅で穏やかに暮らしていた。

ところが、今年の六月頃、その幸せは壊れた。

深夜、三人の眠る小さな家に何者かが侵入し、実母と継父を殺した。

犯人は捕まっていない。

だが、犯人の目的だけは分かっていた。

ユィランの命だ。

ユィランを探せ。そして殺せ。

侵入者たちはそう言っていた。

物音に気づいた養父が、ユィランだけを寝室の小窓から逃がしてくれた。

ユィランはその足で教会へ逃げこみ、今日までそこに隠れ潜み、親切な者たちの手によって庇護《ひご》されてきた。

だが、ついには居所を発見されて、再び命を狙《ねら》われることとなった。

ユィランは命からがらその場を逃げ出し、古巣のチャイナタウンで隠れ場所を探していたところ、ウラナケと出会った。

「ウラナケ、とっても足が速かったの」

ユィランはウラナケの膝によじ登り、ぎゅっと服を摑む。

「成り行き上、紹興酒《しょ》と一緒に持って帰ってきちゃった」

ウラナケは膝に乗せたユィランの耳の付け根をぐりぐり撫でる。

面倒事を背負いこんだのはウラナケも分かっているが、かといって放り出すこともできない。

「なぁ、アガヒ……お嬢、ここに置いてやってもいいだろ？」

「そもそも、なぜ、お嬢なんだ」

「お姫様みたいだから」

愛らしいお顔、やわらかなドレス、ふぁふぁの産毛、よく動く立ち耳、まんまる尻尾。真っ白の毛並み、桃色の頰、薔薇色《ばらいろ》の唇。

守ってあげたい、ちいさなちいさなお姫様。

ウラナケは善人ではないけれど、極悪人でもないのだ。

「おねがい、アガヒ」

「……分かった」

アガヒは肩でひとつ息をすると、すんなり了承した。

ウラナケにお願いされて、断れるわけがない。

だって、アガヒはウラナケが可愛いのだ。

＊

「すぐ朝メシの支度するから、お嬢、適当にしてて」

くぁあと大きな欠伸をして腹を掻き、ウラナケはキッチンに立った。

「風呂《ふろ》に入ってくる」

仕事帰りのアガヒはバスルームへ向かった。

「…………」

ユィランはリビングのソファにちょこんと腰かけ、ぎゅっとクッションを抱きしめる。

初めてのおうちは緊張する。

ウラナケによると、ここは自宅兼事務所らしい。

でも、仕事の都合で同居している男二人の家、という雰囲気ではない。

たぶん、ここは、二人の愛の巣だ。

家具や間取りは、すべて獣人サイズのアガヒに合わせて大きいもの。

ただし、獣人規格の住空間ではあれども、標準的な人間サイズのウラナケの生活に不便がないように配慮されている。

そもそもベッドルームがひとつしかない時点で、二人がそういう関係なのだと推察できた。

いま、ウラナケがテーブルに並べている食器類も、取り出しやすい位置におそろいのカップが並んでいるし、昨日今日、始まったような関係ではないほど生活臭が漂ってくる。

よそ様のおうちなのに、なんだか落ち着く。

きっと二人の雰囲気がそうさせるのだとユィランは思った。

「ウラナケたちは、このおうちに住んでるの？」

「うん」

オープンキッチンに立つウラナケが返事をする。

「……二人は、お金持ちの人？」

「まぁ、家賃収入とかあるし、困ってはないかな」

「家賃収入……？」

「このアパルトマン、俺とアガヒの持ち物。地階から二階までは賃貸に出してて、三階から最上階は俺とアガヒで使ってんの。三階はゲストルームとかオープンスペースで、四階はアガヒの書斎とか倉庫。この五階はクローズド。俺とアガヒのプライベートルーム」

まさしく、ここは愛の巣だ。

客を招くのは三階だけで、四階と五階は二人だけの空間。

三階から五階までは、直通エレベーターと階段で行き来できるようになっている。

そもそも、アガヒとウラナケの暮らすこの区画は、旧市街地のなかでも高級アパルトマンばかりが立ち並ぶ。

建物の高さ、外観や景観、前庭に植える植物の種類、門番や監視カメラの設置、様々なことに制限と規約があり、古い建物になればなるほど賃料が高くなる。

さらに、この建物には、古きを大切にしつつも日々の暮らしが快適になるよう、リノベーションが入っている。

アガヒの身長が随分と高いから、間取りも全体的にゆったりとしていて、間口は広く、天井もすごく高い。

プールとジャグジー付きのプライベートテラスでは、夜景を楽しみながらパーティーができそうだ。

家具家電、調度品は機能的で使いやすく、それでいて重厚で頑丈。

ここまで獣人に暮らしやすく設計された家は少ない。

「仕事はなんでも屋」

ウラナケはそう言っていたが、それだけでこういう暮らしができないことは、そんなに世間の広くないユィランでも知っていた。

「お嬢、ご飯できたよ。……外で食う？　寒くね？」

「お部屋で食べます」

「テレビ、天気予報に変えていい？」

ウラナケは断りを入れて、ウェザーチャンネルに変える。

今日は十二月に入って最初の日曜日。

こんなに晴れているのに、昼から小雪が降るらしい。

「お嬢、ここ座って。高さ足りる？　もう一個クッション増やす？」

「うん、増やして」

よいしょ……と、ウラナケに抱き上げられて、椅子に座らせてもらう。

食卓のテーブルや椅子も、大型獣人サイズだ。

人間の規格に合わせたダイニングセットより大きくて、天板の位置も高い。

アガヒが座るとちょうどのサイズだろうが、ウラナケも人間にしては背が高いようで、足がきちんと床につくし、不便もなさそうだった。

「ウラナケは背がおっきいね、何センチ？」

「たしか……去年の健康診断で計った時は、百八十六か、七か……そんなもん」

「いいなぁ……ぼ……わたし、身長、低いから……」

「いっぱいメシ食えばいいんじゃね？　俺もガキの頃すげぇ小さかったよ」

「がんばる。……でも、何歳から伸びるかなぁ……」

「俺が今年で二十五くらいで、伸び始めたのが十四か、五ぐらいかなぁ。ちなみにアガヒは今年三十五歳。……お嬢、コーヒー、紅茶、水、牛乳、ジュース、どれにする？」

「紅茶をください」

「ミルクは冷たいの？　あったかいの？　先にカップに入れる？　後？　砂糖は？」

「冷たいのを先にカップに入れてください。お砂糖は自分で入れられます」

「了解。パンがないからホットケーキで勘弁な。……はい、お待たせ。あったかいうちにどうぞ。……ケトル、熱くなるから気をつけてな」

ウラナケは、あつあつのホットケーキを乗せた皿をユィランの前に置く。

ついでに、紅茶の葉を大雑把にティーポットに入れて、電気ケトルのお湯を注いだ。

「いただきまぁす」

キッチンへ戻るウラナケの背に声をかけて、ユィランはホットケーキの端っこまでしっかりバターを塗り、蜂蜜《はちみつ》をたっぷりかけた。

そうする間に、アガヒがシャワーから上がってきた。

「アガヒの分、もうすぐ焼けるから。……あ、洗濯機、回しといてくれた？」

「あぁ。これ、持っていくぞ」

キッチンへ入ったアガヒは、ウラナケとひと言ふた言ばかり交わして、コーヒーメーカーのコーヒーをマグに注ぐ。

ホットケーキを裏返すウラナケのこめかみに唇を押し当て、野菜を盛りつけたサラダボウルとマグを片手に食卓へ着く。

ちょうど、ユィランの対面だ。

「朝ご飯、お先にいただいてます」

ユィランはぺこんと頭を下げた。

「どうぞ、ご遠慮なく。……コーヒー？　紅茶？　ミルク？　ジュース？」

「紅茶です。さっきウラナケが淹れてくれたんだけど……まだ熱いの……」

アガヒとウラナケは、客人への気遣いというものが実に自然だ。

突然転がりこんできたユィランにも自然体で接してくれる。

そして、恩着せがましくない。

そのうえでさりげなく親切にしてくれるし、無闇矢鱈《むやみやたら》とユィランを子供扱いしない。

「あいつ……、またこんなに茶っ葉を入れて……」

ユィランのカップに紅茶を注ぎながら、溢《あふ》れんばかりの茶葉にアガヒが苦笑している。

しょうがないな……と言いつつも、どこか優しげな表情だ。

「……あのね、アガヒとウラナケってパートナー？」

自分の臆病さを自覚しているユィランは、頑張ってアガヒに話しかけた。

「君の言うパートナーが、夫婦という意味なら正解だ」

「わたしのおとうさんとおかあさんもそうなの」

獣人と人間が恋人同士になるのは、そう珍しいことではない。

けれども、夫婦となると別だ。

獣人と人間の夫婦で、こんなにも対等な関係性を築ける人たちは少ない。

そもそも、獣人と人間では、習慣や習癖、基本的な生活様式が異なるから、生活を合わせることそのものが難しい。

それこそ、家具の大きさや食べ物の味付けに始まり、ケンカした時の力量差、体格差、病気や怪我をした時の対処法、支配欲求、活動時間、夜行性か昼行性か……。

役所の手続きだって面倒で、ありとあらゆるものが異なってくる。

特に、超重量級の獣人との結婚生活は困難が多いと言われている。

繁殖はもちろんのこと、交尾だって難しい。

アガヒとウラナケの、どちらがメスで、どちらがオスの役割をしているのかはユィランには分からないが、獣人とセックスをして死んだ人間なんて、もうニュースにもならないほどありふれている。

そうした様々な困難を乗り越えて、こうして夫婦らしい生活を手に入れることのできるカップルはすごく少ない。

「二人はとっても仲良しなんだね」

「君は、見た目や年齢よりもずっと大人びた物言いをするし、観察眼も鋭いな」

「…………変なこと言ってごめんなさい……」

「いいや、気にしなくていい。家庭円満、夫婦仲が良いと褒めてもらえて光栄だ」

アガヒは嬉しそうに口端を持ち上げ、朝刊を広げる。

昨日、チャイナタウンでわりと目立ったらしいウラナケとユィランの逃走劇について、なにか載っているかと期待したが、目立った記事はなさそうだ。

ただ、二週間前に亡くなったユィランの親戚《しんせき》のことが訃報欄にあった。

「ユィラン、君の親戚のことが載っている」

「見せて」

席を下りたユィランはアガヒの席へ回ると、背伸びして新聞を覗《のぞ》き見る。

ちいちゃくジャンプするたび、ぴよっと耳が揺れて、ぽよっと丸い尻尾が上下する。

「……失礼」

新聞を閉じたアガヒは、ユィランを抱えて膝に乗せると、再び新聞を広げた。

「なになに？　二人とももう仲良しになってんの？」

ウラナケが、料理を盛った大皿二枚を運んできた。

ウラナケは、「うわ、漢字と英語……どっちも勘弁……」と眉《まゆ》を顰《ひそ》め、じっくりと一部の新聞を読み耽《ふけ》る日曜日のお父さんと娘に、「ほら、ご飯食べて」と急《せ》かす。

山のように積み重ねたホットケーキに目玉焼きやコールドミート。

たっぷりの朝食だ。

それらをテーブルの真ん中に置いて、ウラナケは「おかわりはここからどうぞ」とユィランに進める。

ユィランが遠慮しないよう、アガヒがそれぞれの皿に料理を取り分けた。

「どした？　ユィラン……元気ない？　腹空いてない？」

アガヒの膝でじっと黙りこむユィランを、ウラナケが覗きこむ。

「二人は、どうしてわたしを助けてくれるの……？」

「困ってんだろ？　じゃ、助けないと」

「幸いにも、こちらは厄介事を片づけるのが専門だ。君の力になるくらいはできるだろう。君も、頼る先がないのなら、遠慮なくこちらを頼るといい」

ウラナケとアガヒは、当然のようにそう答える。

「わたし、お金を持ってない……」

「いいよいいよ。俺ら、お金に困ってないし。それにさ……ほら、困ってる子供は見捨てちゃだめでしょ」

すこし眉を顰めて、ウラナケが笑った。

続けて、「困ってる子供を助けるって、まるで善人みたいじゃん？　なんか俺たちすごくいいことしてる気分になれるんだよ。善行を積む機会って滅多にないからさ、まぁ甘えときなよ」と、ユィランに笑いかけて安心させる。

この仕事柄、他人を不幸にすることはあっても、人助けなんて滅多にできない。

ウラナケは上機嫌で、バターだけのホットケーキにハムと目玉焼きを挟んで食べた。

「そういうわけだ」

アガヒもその意見に不満はない。

ウラナケの言うことが、夫婦の総意。

ウラナケがしたいことを、アガヒがすべて肯定する。

アガヒは、ウラナケの為、ウラナケの意志なら、悪事も、善事も、なんでもする男だ。

そして、どちらかが背負いこんだ苦労は、二人で背負う。

仮に、アガヒがユィランを助けると言い出した場合でも、ウラナケはそれを肯定するだろう。

「わたしは……本当は、わたしが狙われた理由を知ってるかもしれない……」

すこし渋みの出た紅茶で喉を潤し、ユィランはそう切り出した。

「よければ、話してくれると君を助ける手がかりになる」

「国家人材育成研究プログラムって知ってる……？　わたし、あれに選ばれたの……」

「……アガヒ」

ユィランの言葉でアガヒは納得したようだが、ウラナケには「？」で、アガヒに説明を求める。

「彼女は、国家が保護するレベルの大変優秀な子供だということだ」

「わたしは、来年から、その研究機関の研究生になることが決まっていて、専門は……、その、簡単に言うと、獣人と人外の脳の研究で……」

ユィランは、専門分野について、掻いつまんで説明する。

だが、難しい言葉を使おうとすると、ウラナケがどんどん不安な顔になって目が泳ぐので、簡単な言葉に置き換えた。

「その研究、一昨年《おととし》から、いくつかの企業との合同で始まっていたな」

「そう、それです」

アガヒの言葉に、ユィランは頷《うなず》く。

「将来的には軍も関係する研究で、クェイ家も出資していたはずだ。……だが、あの研究は、十五年ほど前に、倫理面の問題で凍結されたはずだが……」

「解凍されたの」

「ふーん……」

ウラナケは相槌《あいづち》こそ打つが、早々に理解を諦《あきら》めて野菜をバリバリ食べた。

賢い人たちは喋ってるだけでもかっこいいなぁ、と二人を見つめる。

「……あの、もしかしたらなんだけど、……わたし、アガヒを知ってるかもしれないの」

「君とは初対面のはずだが？」

「ずっと前に、アガヒの写真を見たことが……」

古い文献を読んでいた時に、アガヒに似た人物の写真を見たことがある。

その写真の獣人は、十五年前の研究に参加しながら素晴らしい論文をいくつも書き上げ、十代半ばで博士号を三つ取得し、独立起業した。

その後、兵役に就くと同時に自社を売却。

従軍中には、特別な勲章を三つも授《さず》かった稀有《けう》な軍人として名を馳《は》せた。

ただ、退役以降、現在までの消息は不明だ。

「なかなかに謎《なぞ》の人物だな。もう死んでるんじゃないか？」

「……死んじゃってるの……？　……じゃあ、アガヒじゃないの？　……ねぇ、ウラナケは本当のこと知ってる？」

「知らない。アガヒ、論文とか書いてたんだ？　すげーね」

ウラナケは、アガヒの過去をまったく知らない。

十三年一緒にいて、アガヒからも特には聞かされていない。

アガヒの年齢的に兵役の経験があって、おそらく良家の出身で、高等教育を受けた優秀な人材だということくらいは、一緒に生活していればなんとなく分かる。

だが、ウラナケはそれ以上を知らない。

知ろうとも思わない。

「でもね、その論文と紐《ひも》づけしてある人物データには写真もあって、ちゃんとアガヒが写ってたの。……なのに、いまのお名前とぜんぜん違う。どうして？」

もし、アガヒがあの研究の関係者で、偶然を装ってユィランに近づいたなら……。

ユィランは二人を信用できない。

「それは大丈夫だって。アガヒはイイ奴だから」

あまりにもアガヒが疑われるから、横合いからウラナケがフォローする。

「本当のお名前を言わないのに……？」

「あ〜え〜……なんか、大昔に、一回だけ聞いたような気がするけど……確か、えっと、ト、トゥ、ェ？　オル……ぅるルえる？　分かんね。まず発音できない」

ウラナケは青虎系の言葉で発音を試みるが、途中で諦める。

獣人や人外は、それぞれ独自の言語を持っていて、彼らはそれで意思疎通する。

そうするのが、もっともストレスがないからだ。

ウラナケも、アガヒに教えてもらって青虎系の言語を喋れるには喋れる。

だが、アガヒからは、「お前の青虎語はたどたどしすぎて、幼児とおしゃべりしている気分になる」と苦笑いされて、その舌っ足らずの可愛さのあまり、ぎゅうぎゅう抱きしめられるレベルだ。

自分の伴侶《はんりょ》の本名を知らなくてもウラナケは困ったことがないから、気にしたことすらなかった。

「お名前は大事だって、おかあさんが言ってた……」

「大事なんだろうけど、十三年間、一回もそっちの名前で呼んだことないしなぁ。いま、アガヒがアガヒって名乗ってて、俺もそれで呼んでるし、アガヒもそれで返事する。それでいいと思うんだけど……アガヒ、お前、本名で呼ばれたい？」

「いや、いまのままでいい」

「だってさ」

「……どうしよう」

自分とは違う感覚で生きている二人に、ユィランは戸惑う。

「大丈夫だって、知らなくても生きていけるから」

ウラナケは、良く言えばさっぱりしているが、悪く言えば執着がない。

好きな人のことならなにもかも知っていたいと思うような生き方をしていない。

いまが楽しくて幸せなら、それでいい。

でも、それは、ウラナケのそういう性格を、アガヒがそれとなく補ってくれているからだ。

だから、こうして思い悩まずに生きていける。

「俺とアガヒはそれで成り立ってるしな。ユィラン、……なんか怒ってる？」

「わかんない……ウラナケとアガヒが仲良しなら、それでいいんだけど……」

ユィランはなんとなく釈然としない。

なのに、言いたいことを上手に言葉にできない。

「ユィラン、俺が、過去に君と同じ研究に携わっていたのは事実だ」

泣きそうな顔のユィランを見かねて、アガヒは自分の過去を認めた。

過去をおおっぴらにすると、それなりに権力のある実家から圧力をかけられたり、軍関係で揉《も》めることが多く、基本的に、アガヒは過去について口外しないことにしていた。

「ごめんなさい、……わたしが変なこと訊《き》いたから……」

ユィランは、長い耳をしょぼんと項垂《うなだ》れさせる。

「君は自分の身を守るのに必死なだけだ。……だが、俺は、君に危害を加える立場ではない。あの研究とも、軍や国とも、随分前に繋《つな》がりを断《た》っている。安心してくれ。……それよりも、君がいま狙われている理由を考えるべきだ。研究が本格的に始動するのは来年からだろう？　いますぐに君が狙われる理由は、ほかにあるんじゃないか？」

「それが分からなくて……だから、お願いします、助けてください……」

ユィランはぎゅっとスカートを握りしめ、俯《うつむ》く。

「大丈夫、絶対に守ってやるから」

ウラナケは、ユィランと同じように落ちこんだ顔をして、けれども力強く頷く。

ウラナケはもう大人だから、子供のユィランを守るのは当然だ。

「俺のことを信じられないなら、ウラナケの言葉を信じればいい。君も、ウラナケのことなら信じられるだろう？」

ウラナケは物事をあまり深く考えないけれど、この優しさだけは本物だ。

自分のことのように心を砕いて、ユィランを守ろうとする。

「……ありがとう、ごめんなさい……」

なんだかウラナケの人の好さにつけこんでいるようで、ユィランは胸が痛んだ。

＊

「……あのさ、アガヒ。半月くらい前に俺たちが殺した阿片中毒の男ってさ、ユィランの親戚だよな？」

「あぁ、そうだ。殺したのはユィランの甥だ。姓名はクェイ＝ジンカ。ジンカの母親とユィランが、歳《とし》の離れた異母姉弟の関係になる」

「ジンカ殺しを俺らに依頼した奴が、ユィランも狙ったって可能性は？」

「ないとも言えないが……、あの依頼は、紹介人と情報屋を含め、四つも仲介業者が入っていたからな……。おそらく、俺たちに接触してきた依頼主も雇われだろう。本物の依頼主はどこかに姿を隠しているはずだ」

「それを特定するのは難しいか～……先にほかの可能性から潰《つぶ》す？」

「そうしよう。国家絡みのプロジェクトともなれば、軍や企業との癒着もあるだろうし、ユィランの実家も一枚嚙んでいる。クェイ家の家業から調べたほうが早そうだ」

「ん、分かった。使う情報屋はモリルでいい？　モリルでいいなら連絡とっとく」

「頼んだ。……また明日から忙しくなるな。……おやすみ、ウラナケ」

「おやすみアガヒ」

アガヒと唇を重ね、枕《まくら》もとのナイトランプを小さく絞る。

ユィランが来たその日の夜、アガヒとウラナケはいつもより早めに寝室へ入った。

今日は、昼から小雪がちらつく予報だったので、午前中いっぱいをかけて、ユィランの服や靴、下着類、小さめの家具や食器などを買いそろえた。

「俺たちに娘がいたらこんな感じかな～。ほら、この緑色とか、紺色とか臙脂色《えんじいろ》、こういう大人っぽいのがユィランに似合いそう」

「ピンクやオレンジも可愛いだろう。それに、それは寒そうだ」

アガヒとウラナケは、自分たちが真剣に子供服を選ぶ日がくるなんて想像したこともなかったし、お互いの子供服に対する趣味が大いに異なることを、今日、初めて知った。

結局、お互いがユィランに似合うと思った服を手当たり次第買い始めるものだから、ユィランが慌てて、背の高い二人の間でおろおろしていた。

「……お洋服、そんなにたくさんいらないよ……ねぇ、おねがい、お話きいて……二人とも、ほんとに……そんなにお金を使わないで……」

仔兎がもぞもぞ背伸びして、「見えない。二人とも背が高い。だっこして……」と泣きべそをかくものだから、アガヒが抱き上げ、ウラナケが慰めた。

ユィランは終始遠慮していたけれど、ワンピースや靴、長耳の子でもかぶれる帽子、リボンや髪飾り、もちろん、暖かいコートやマフラー、手袋も買った。

ユィランが着ていたものは、教会にありがちな誰かのお下がりで、肘《ひじ》やお尻周りの布も薄くなっていたし、洗いざらしだった。

布目も詰まって縮んでいて、ユィランにはすこし窮屈なように見えた。

成長期の柔らかい子供の肌に、これはあまりにも酷だし、冬に着るには寒々しい。

ユィランは賢くて聞き分けが良いから、余計に不憫《ふびん》に思えた。

大人を困らせない為の遠慮もあるだろうが、それ以上に育ちの良さが見え隠れした。

百貨店のカフェで休憩した時も、お行儀が良かったし、食べ物の好き嫌いもない。

それどころか、アガヒとウラナケの生活の邪魔にならないように気を遣っていて、我儘《わがまま》も言わず、口癖はごめんなさい。

自分のことはぜんぶ自分でしようとする。

なまじ、五歳にしてはできることが多いから、余計にそうなってしまうのだろう。

見ていて、ちょっと可哀想になった。

夜、さすがに五歳児を一人で風呂に入らせるのはこわいので、「見られたらはずかしい」と言うユィランを全身タオルでくるみ、服を着たウラナケが付き添ったが、それ以外は、本当に手がかからなかった。

さすがは国家の特別プログラムに参加するだけの頭脳の持ち主だ。

けれども、時々はやっぱり子供らしいところもある。

一日一緒にいるとかなり打ち解けてくれて、アガヒの、「なにかして欲しいことは？」という問いに「……あのね、おうまさん」と控えめにねだり、虎のアガヒが馬になった。ウラナケの、「眠る前はホットミルク？」の問いかけには、「お歌を唄《うた》ってくれる？」と可愛いおねだりをして、添い寝したウラナケが何曲か披露することになった。

そんな小さな我儘、可愛いものだ。

こうして、あれそれと翻弄《ほんろう》されるのは、ウラナケにとっても、アガヒにとっても、なんだか心地良くて、久しぶりに新鮮な気持ちで、ほのぼのとした休日を過ごせた。

アガヒとウラナケ、二人きりの生活に、小さな喜びが舞いこんできた気がした。

いま、その小さな天使は、主寝室の隣の部屋で休んでいる。

ゲストルームは三階で、五階にある主寝室からは遠くなるから、そこは避けた。

セカンドリビングを主寝室の隣に造ってあるから、そこにソファベッドを置いて眠ってもらっている。

扉一枚で部屋を行き来できるし、不測の事態が発生した場合も、迅速に対処できる。

ユィランがくぅくぅと愛らしい寝息を立てるのを確認してから、アガヒとウラナケは、自分たちのベッドに入った。

日付が回る前に、品行方正に床につくのは久しぶりだ。

さすがに、この環境で、そういった行為はできない。

獣人とのセックスはわりとうるさいし、ウラナケも声を我慢することを知らない。

つまりはまぁ交尾ができなくて、やることがないから休むしかないだけだ。

「……？」

夜半、ウラナケが目を醒ました。

アガヒの二の腕を枕にしたまま寝返りを打つ。

冬場はアガヒに抱かれていると暖房が要《い》らない。

胸もとの立派な毛皮と、その下の大胸筋の温かさがあれば、越冬できる。

アガヒの胸に顔を埋めて、うとうと。再び寝入りかけた頃、ウラナケは重い瞼《まぶた》をすこし持ち上げ、ゆっくりと瞬《まばた》きして、もう一度身じろいだ。

「どうした？」

つられて、アガヒも目を醒ます。

ウラナケの口端に唇を寄せ、かすれ気味の低い声で、「まだ夜だ、寝ていろ」とウラナケを寝かしつける。

「泣き声……聞こえる……」

腰に回ったアガヒの腕をそろりと持ち上げて、ウラナケがベッドで半身を起こす。

アガヒも起きて、がしがしと頭を掻き、「耳はお前のほうがいいからな……」と欠伸を嚙み殺し、枕の下の銃に手をやった。

「だいじょうぶ、……たぶん、ユィランだ」

ウラナケは、ランプの灯《あか》りを大きくして、扉のほうを見やる。

その扉の向こうでユィランが休んでいるから、すこし隙間《すきま》を作っておいた。

その扉が、向こう側から大きく開かれ、ぎぃ……と古い蝶番《ちょうつがい》が軋《きし》む。

ユィラン用の小さな枕を右手にぎゅっとだっこして、ずり落ち防止の大きな枕を左手で引きずるユィランが、ぽつんとそこに立っていた。

ただでさえ赤い目を真っ赤にして、ぐしゅぐしゅ泣いている。

「ユィラン、どうした？」

ウラナケはベッドの端まで這《は》って、ユィランを抱き上げた。

「……ぉ、ぉかぁさん……ぉあぁしゃ、ん……っ」

ユィランはウラナケの腹にしがみつく。

まるくてちいさな手で、弱々しい力で、華奢《きゃしゃ》な全身を冷たくなるほど強張《こわば》らせて息を詰め、母親を恋しがって泣く。

「……だよなぁ」

昼間は元気にしていたけれど、この仔兎は、半年前に両親を亡くしたばかりなのだ。

「ウラナケ、こっちへ連れてこい、風邪《かぜ》をひく」

「ん……、ほら、ユィラン、おいで」

アガヒが布団をめくってくれるから、そこに潜りこむ。

アガヒとウラナケの間にユィランを挟んで、三つ一緒に固まった。

「ぉ、ぁあしゃん、おかぁさ……っ……ぉかあさ……っ、……」

「……うん、おかあさんに会いたいな……」

かける言葉が思いつかなくて、ウラナケはユィランを抱きしめる。

そうしたら、アガヒが、ウラナケごとユィランを抱きしめてくれる。

大きくて逞《たくま》しい腕というのは、こういう時にありがたい。

なにがなんでも絶対的に守ってくれる力強さが感じられるし、この腕のなかなら大丈夫だという安心感も与えてもらえる。それになにより温かい。

「ごめんな、ユィラン……」

おかあさんに会わせてあげられなくてごめん。

ウラナケは、母親という存在をろくに知らないけれど、ユィランにとってはかけがえのない存在に違いない。

ウラナケが悪いわけではないが、ユィランから母親を奪った誰かの代わりに謝った。

それでユィランの気が済むとは思わないけれど、どうしようもないユィランの気持ちをすこしでもやわらげて、いま、この一瞬だけでも気が紛れるなら、なんでもよかった。

なにもできない自分が不甲斐《ふがい》なくて、ウラナケは謝った。

「ぅ、……っひぅ……ぅ、ぁ、なけ、ぇ……」

ユィランは、ウラナケの胸にむぎゅっと顔を押しつける。

「ここにいる、だいじょうぶ、……いいこ、いいこ」

ウラナケの胸もとが、じわりと熱くなる。

震える長耳がウラナケの顎下にさわさわ触れて、くすぐったい。

アガヒが、丸めた爪先でその耳を撫でつけて、ウラナケの顎下からそうっとずらす。

「……おとぉさん……、っ、おかぁ、さん……」

「うん……、会いたいな……さみしいな……」

「ずっとこうしているから、好きなだけ泣くといい」

ウラナケと同じように、アガヒもそうして言葉を返す。

何度も何度も、ユィランが父と母を乞《こ》う限り、応《こた》える。

けっしてユィランの両親の代わりが務まるなんて勘違いはしないけれど、それでも、いま、この一時だけでもユィランを慰められるなら、そうしたかった。

気長にそうするうちに、ユィランはうとうとし始め、泣き寝入りしてしまった。

「寝た？」

「寝たな」

小声で会話して、二人は安堵《あんど》する。

「……アガヒ」

安堵したのも束《つか》の間、ウラナケは眉を顰めた。

「どうした?」

「…………ユィラン、もしかして、おねしょしてる?」

「…………」

両手の塞《ふさ》がったウラナケの代わりに、アガヒが、そろりと上掛け布団をめくった。

アガヒの毛皮と、ウラナケのスウェットが濡《ぬ》れていた。

「……くちゅ、っ」

仔兎が、二人の間で小さなくしゃみをする。

たぶん、向こうの部屋にいた時点で、もうおもらしをしていたのだろう。

部屋は暖かいが、真冬に五歳児をこのまま放置して風邪をひかせることは回避したい。

さて、どうしたものか。

女児の着替えを成人男子が行って許されるものか。

二人は逡巡《しゅんじゅん》したが、意を決した。

ユィランを起こさないように、そぅっと、静かに、できるだけユィランの体を見ないようにして、パジャマを脱がせた。

できる限り目を逸らし、手探りでユィランの下着に手をかけたところで、女児の股には付いていないはずのものが付いていることを発見して、二人ともが目を剝《む》いた。

目を剝いたが、ユィランを起こさないように驚きの声は呑《の》みこんだ。

＊

翌朝、ベッドで胡坐《あぐら》をかいたウラナケとアガヒは、家族会議をしていた。

「……ちんちん付いてたよなぁ」

「付いていたな」

「いっぱいワンピース買っちゃった……ユィラン、ほんとはワンピースとかスカートとか嫌いだったらどうしよ……」

「……ズボンも買ったから問題ない」

「それもそっか、アガヒ頭いい」

ウラナケは、アガヒの膝ですよすよと眠るユィランを見やった。

ユィランはアガヒの尻尾を股の間に挟み、胸の前の両手でも抱きしめている。

お鼻とお口はむぐむぐ。

腹が空いているのか、尻尾の先をちゅっちゅと吸い、一心不乱にしゃぶっている。

夢のなかで跳ねているようで、不意に、耳と尻尾が同時にぽよぽよ揺れる。

アガヒの体温を感じられる場所から離れないから、もしかしたら、寒いだけじゃなくて、人肌恋しくて、さみしいのかもしれない。

「アガヒはだっこが上手」

「十二歳のお前を毎日寝かしつけていたのは俺だからな」

「それもそっか。……うん、そうだな。俺、アガヒに拾われてよかった」

アガヒに拾ってもらえたから、いまのウラナケがある。

十二歳のウラナケには、ユィランほどの賢さはなかったから、アガヒに拾われていなかったら、きっと、スラムのどこかで野垂れ死んでいただろう。

「どちらかというと、拾われたのは俺のほうだと思うが……」

アガヒのほうこそ、ウラナケと出会っていなければ、いまこうしてこんな温かな生活は送れていない。

「……うん、だからさ、ごめん、相談なしに拾ってきちゃって……」

昔の自分たちを見ているようで、ウラナケはユィランを見捨てておけなかった。

「まぁそんなことだろうとは思っていた」

アガヒも同じだ。

ウラナケの気持ちが分かるからこそ、ユィランを追い出すことなんてできなかった。

「これからどうしよう……」

「まずは、本人が起きてから性別を確かめよう。話はそれからだ」

「うん。……あ、アガヒ、ユィラン起きそう」

「……ぅらなけ？　あがひ？」

「おはよ、ユィラン」

「おはよう、ユィラン」

二人は、ユィランの左右の頬にそれぞれ唇を押し当てる。

「……おかぁさんとおとうさんが、…………生き返ったみたい……」

まだどこか夢の世界のユィランは、幸せそうなのに悲しげに笑う。

この子は、こんなに小さいのに、もう家族と会えない。

ウラナケとアガヒは、この子から両親を奪った敵に、行き場のない怒りを覚えた。

＊

月曜、ウラナケとアガヒは仕事に出た。

ユィランの件で、情報収集を頼んでいた情報屋から連絡が入ったのだ。

アガヒは、それとは別の用向きがあって、そちらは暴力沙汰を含む可能性があったから、ウラナケはアガヒと別行動をとった。

ユィランを一人で家に置いておくのも心配だから、ユィラン同伴での仕事だ。ウラナケは情報屋と会うだけだから、仕事上の汚いものをユィランに見せることもない。

「二人はいつも一緒じゃないの？」

「そりゃまぁ独立した別個の生き物ですから」

ユィランを片腕に抱いたウラナケは、歓楽街にいた。

道を一本外れれば、そこはもう売春通り。

その隣の通りは、違法薬物の密売通りだ。

治安も悪ければ、風紀も悪い。

「お嬢、もうちょっと頭隠しといて」

赤ずきんちゃんみたいなフードコートを目深にかぶらせ、襟もとの大きなリボンをしっかり結び、特徴的な耳を隠す。

ユィランは、今日も分かりやすいくらい可愛くてふわふわのスカート姿だ。

「ユィランは男の子？　その恰好《かっこう》は趣味？　それとも心が女の子？」

今朝方《けさ》、ウラナケは率直に尋ねた。

ウラナケの隣にいたアガヒは、「繊細な問題かもしれないから、もうすこし配慮したほうがいいのでは……」という表情でハラハラしていた。

「……ごめんなさい。……嘘《うそ》ついたのも、…………おねしょも……」

ユィランは、謝った。

ユィランを狙う者の目を誤魔化《ごまか》す為に、教会の人と相談して、髪を長く伸ばし、女の子の恰好と言葉遣いをしていたのだとユィランは説明した。

ウラナケとアガヒは、それで納得した。

三人で相談した結果、これからもユィランが外出の際は可愛すぎるくらい可愛い恰好をして、他人の前ではお姫様みたいな言葉遣いをすることにした。

「ウラナケ……、ぴー……って、口笛が聞こえる……」

フードに視界を奪われたユィランは、どこからともなく聞こえる音色に耳を欹《そばだ》てる。

「口笛じゃなくて、鳥の鳴き声かな」

「初めて聞く音。きれいね。……でも、ちょっとこわい」

「人が死ぬ時に鳴く鳥だからな。……お嬢、耳、びよって出てる。……約束の相手が来たから、ちょっとだけいい子にさせといて」

モッズコートの内側にユィランを隠し、ウラナケはジッパーをぎりぎりまで引き上げた。

「はぁい、ちっちゃくなります」

ユィランは長耳を畳《たた》んで顎の下まで持ってくると、ウラナケの懐で小さく丸まる。

こうすると、ウラナケはまるで大きな腹を抱えた妊婦みたいになるが、ウラナケもユィランもあったかい。

「よぉ、モリル」

「お待たせぇ〜あなたの可愛いモリルちゃんよぉ〜」

約束通りの時間に、情報屋のモリルが姿を現した。

「悪いな、急がせて」

「いいのよぉ。気にしないでぇ。アンタのケツにイッパツぶち込ませてくれたらカンベンしてあげるからぁ」

「はいはい。ガバガバでよければいつでもどうぞ」

「アンタのガバガバは旦那《だんな》に対してだけじゃない。その気もないのによく言うわぁ」

「分かってんなら毎回誘うなよ。こりねぇな」

「きれいなオスを見たら口説くのがアタシの礼儀よ、礼儀。……ま、それは置いといて、早速だけど報告ね。この半年の間に、チャイナタウンで起きた大きな騒動は七件よ」

「けっこうあるな」

「いちばんの目玉は、半月前に起きたクェイ家長女の息子がSMクラブで事故死ってやつね。ほかの五件は幇《バン》同士の小競り合い。……で、最後の一件がアンタのお目当ての情報だと思うわ。白昼のチャイナタウンで幼女を追いかけた変態野郎ども……ってやつ。そいつらは大蛇小蛇《ダイシャシャオシャ》姉妹の手下ね」

「ダイシャとシャオシャって……どっかで聞いたことあるような……」

「そっちは通り名。中国系って通り名を多用するけど、彼女たちは本名のほうが有名じゃないかしら？　クェイミィホゥとクェイツァオメイ。クェイ家の長女と次女よ」

「あぁ、クェイ家の……」

ウラナケの懐で、ユィランの体が硬くなる。

「ねぇ、さっきから気になってたんだけど、それなに？　ちらちら見える白とピンクのふわふわ。アンタ、もしかして昔のトラウマがひどくなって幼女買春が趣味になったの？」

「違う。……えぇと、ほら、最近、アガヒに冷たくされることが増えたから、さ、さみしさを紛らわせるのに、……その……飼い始めたんだ……お人形」

話をはぐらかそうと、冗談めかして言ってみた。

「まぁそうよね、アンタみたいな態度でいたら愛想尽かされてもしょうがないわよね」

「えっ、俺の態度ってそんなにひどい……？」

ウラナケの軽口に、モリルもいつもの軽口で返しただけなのに、今日のウラナケはその言葉を真剣に受け止めて、狼狽《うろた》える。

「どしたの、アンタ、そんな深刻な顔して。……まさか、ほんとにアガヒの旦那が愛想尽かすようなことしちゃったの？」

「し、してない……っていうか、いつも通り……」

「そのいつも通りがやばいと思うわよ」

「…………やばいの？　……いや、いい、それはいい……あとでアガヒに相談する。それはいいから……それで？　ほかに情報は？」

「ダイシャとシャオシャがその幼女を探してるみたいよ。目的までは掴めなかったわ」

「クェイ家って、現当主はまだそんなに年寄りじゃないよな？」

「今年六十二歳で、健勝そのもの。表も裏も堅実にお商売してるわね」

「表が製薬会社で……裏は、チャイナタウンの元締めって認識で合ってる？」

「正確には、元締めのうちのひとつ。いま、チャイナタウンはいくつかの幇が治めていて、クェイ家もそのひとつ。あの家はもともと裏稼業で成り上がった家系なの」

「そうなんだ」

「そうなんだ……ってアンタ何年この商売やってんのよ。それぐらい知ってなさいよ」

「アガヒが知ってる」

「はい、また出たアガヒが知ってる。アンタのアガヒはすごいわねぇ」

「うん、すごい」

「……ま、いいわ。アンタたちはそれでバランスとれてんだし……。あとは、必要なネタかどうか分かんないけど、クェイ家は、元々は薬屋っていうより、お医者とか、お呪《まじな》いとか……頼まれてそういうことをする家系だったらしいわよ」

「漢方薬局ってこと？」

「ちょっと違うわね。もっと神がかりのほう。ほら、東洋系にしろ、西洋系にしろ、錬金術師とか、お坊様とか、道士様とか……、そういう人たちって、お祓《はら》いをしたり、お薬を調合したり、病人を診《み》たりするでしょ？　あぁいう感じ」

「オカルト？」

「オカルトなのかしらねぇ。いまはまっとうな製薬会社みたいだけど……」

「クェイ家の会社って、経営状態とか、そういうの悪くて揉めてんの？」

「揉めてないわ。お商売も安定してるし、跡目争いも起きてない。これといったスキャンダルもナシ。跡目には長男のサシャンが就くことで満場一致していて……、これは、ダイシャとシャオシャも納得しているの。長男とはいえ、三番目の生まれなんだけど、とても優秀なのよ。あの性格のきつい姉妹が唯一可愛がってる存在よ」

「クェイ家の兄弟姉妹と、当主の本妻と妾、私生児、親戚縁者、六親等まで情報を収集するのにどれくらいかかる？　値段と時間両方」

「時間はけっこうかかるわよ。特急料金は……まぁ、これくらいね」

　モリルは指で数字を示した。

「じゃ、それで頼んだ」

「毎度ご贔屓《ひいき》にありがとぉ。それじゃ、男前の旦那によろしく。今度３Ｐしましょ」

　うちゅ。バックスキンの手袋をした手でウラナケの頬を包み、唇を押し当てる。

「アガヒがイイって言ったらな」

ウラナケは遠回しのお断りでモリルにキスを返して見送った。

「……ウラナケ、もういい？」

「いいよ、お待たせ。静かにしててくれて助かった」

「ウラナケのおなか、あったかかった」

ユィランは、ぷぁ、とコートから耳と顔を出し、「いまのって情報屋さん？　ぼくのこと気づいてたよね？」と尖《とが》った耳の先をひくんと動かす。

「気づいてたなぁ」

「ご挨拶しなくてよかったの？」

「しなくて大丈夫。情報屋をこっちの事情に巻きこんだら、とばっちりがいくかもしれないし、こっちの信用にもかかわる。そしたら向こうも商売してくれなくなる。……さて、お嬢を狙ったのがダイシャとシャオシャってのは分かったけど、どうしたもんかなぁ」

大蛇小蛇。蛇と仇名《あだな》されるほどの姉妹だ。

狡猾《こうかつ》で、蛇のようにしつこい。

二人を殺すのは容易だけれど、クェイ家を敵に回すのは厄介だ。

それに、そうすることが、真にユィランを助けることになるかどうかも、現段階では分からない。

もし、これが兄弟間の跡目争いならば、それこそダイシャとシャオシャを殺すだけでは無意味だ。クェイ家には、ユィランの上に十人の兄姉がいるから、二人の姉妹を殺したくらいでは解決しない。

「……ま、考えんのはアガヒに任せるとして、ユィランさ、歳の離れた姉ちゃんたちに狙われる理由に心当たりある？　お父さんとお母さんが殺された理由とか。あと、お父さんとお母さんが殺された時の実行犯の顔とか覚えてる？　これからそのあたりハッキリさせていくつもりなんだけど、もし、ちょっとでも知ってることあったら……」

「…………」

「ごめん。配慮が足りなかった」

ウラナケは、ユィランの耳の付け根に唇を押し当て、抱きしめる。

こういうのが、ウラナケのだめなところだ。

他人への思いやりに欠けている。

必要なことを聞き出すにしても、もうすこし尋ね方というものがある。

いっつもそうだ。

アガヒ以外の他人と親密な関係を築いてこなかったツケか、それとも単に他人に対して冷酷な性格なのか、はたまた他人の感情の機微に疎いせいか、無神経なのか、たぶん、それらぜんぶがちょっとずつ重なって、誰かを傷つけてしまう。

「ごめん、ユィラン」

「謝らないで。ぼく、ウラナケみたいな人のことをお勉強してるから、ちょっとだけウラナケの気持ちとか考えてること分かるよ」

「……俺みたいな人のこと?」

「ウラナケは、おとうさんやおかあさんと暮らしたことないよね?」

「ない」

「兄弟もいないし、学校にも行ってないし、お友達と遊んだこともないよね?」

「ないです」

「アガヒにいろんなこと教えてもらって今日まで生きてきた?」

「うん。十二の時からずっと一緒」

教会の青空教室へ行ってみたり、同年代がたくさん通う習い事に行かせてもらったり、学校にも通おうとカウンセリングも受けたけれど、どれもダメだった。

アガヒと一緒ならどこでも大丈夫なのに、アガヒと離れるとダメだった。

「たぶん、ウラナケの感性や思考は、獣人さんや人外さんに近いんだと思う」

この世界には、獣人、人外、人間の三種類が存在する。

獣人は、一般的に、獣の頭と、人の体に似た形を持つ生き物だ。

アガヒのように、一見して獣人だと分かる容姿をしている。

人外は、神話や伝説上の生き物だ。

日本や中国の妖怪、物の怪《け》、神仙、西洋の吸血鬼、人狼、西洋悪魔など、幻想的な生き物を指す。普段、彼らは人間に擬態して生活しているが、まだ子供だったり、力が弱かったりすると、耳や尻尾などの本性の一部が隠せない。

ユィランたち玉兎族は、ここに分類される。

人間は、普通の人間だ。

獣人にも、人外にも、人間にも、等しく人権があるし、どの種類も悪事を働く者がいれば、善良な者もいる。

ウラナケの性質のうち、家族に優しく、身内意識が強く、本能的に弱者を守り、伴侶に無上の信頼を寄せ、過去を一切知らずとも受け入れるのは、獣人的思考だ。

これは、アガヒに育てられて、自然と身についたものだ。

さらに、ウラナケは、人外的思考も持ち合わせている。

これは、人間や獣人とはまた異なる特殊な思考だ。

人外的な思考や物事の捉《とら》え方は、一種の神がかり的な色合いが強く、何事も俯瞰的《ふかんてき》な視点で物事を見極め、あまり他者に寄り添わない。

これは、アガヒと出会う前のウラナケの生育環境に人外が存在していて、その影響を強く受けたからだろう。

人外は、「好きな子が働くのがつらいと言うから監禁して働かなくても大丈夫にしてあげて愛してあげた」とか「好きな子が死ぬ時は一緒に死ぬし、自分が死ぬ時は一生自分のことを忘れないようにする」といったふうに、突拍子もない思考回路の生き物が多い。

ユィランにも、その気がある。

だからもしウラナケの生きた最初の十二年が、そういったものに囲まれた特殊な環境下にあって、ウラナケの人間としての情緒や感覚、感情を麻痺《まひ》させるような十二年だったとしたなら……。

愛や情とは縁遠い環境にあったなら……。

いま二十五歳のウラナケがここまで精神的に自立できているのは素晴らしいことだ。

それはきっと、アガヒが誠心誠意ウラナケに寄り添い、支えてきた結果だ。

「それがユィランの研究？」

「うん。ぼく、みんながケンカしないで、仲良しになる方法を見つけたいんだ」

「俺よりユィランのほうが大人みたいだ」

「おねしょしちゃうけどね」

「いいよ。いっぱいしなよ。俺もちっちゃい時は毎晩アガヒの毛皮濡らした」

ユィランのふくふくほっぺに唇を押し当て、頬ずりする。

「アガヒがキス魔だから、ウラナケもキス魔になったんだね」

頬ずりを返して、ユィランが笑った。

アガヒとウラナケは、ちょっとした仕種《しぐさ》がよく似ている。

けものみたいで、かわいい。

＊

帰り道で拉致《らち》された。

最初は、タチの悪い連中に絡まれただけだと思っていたが、そのなかに、中華系の猫や熊の獣人がいたから、ダイシャとシャオシャの手の者だと察した。

ユィランがいる状況で下手に逆らうのは危険と判じ、ウラナケはおとなしく従った。

連れてこられたのは、波止場近くの倉庫街だ。

位置的には、チャイナタウンの自治会が所有する区画になる。

後ろ手に縛られたウラナケは、木製コンテナの隅に転がされていた。

ひと通り殴る蹴《け》るはされたが、中華系お得意の拷問は勘弁してもらえたし、彼らは、ユィランには指一本触れなかった。

蛇男が一人でウラナケとユィランの見張りをして、残りの二人は、今後の指示を仰ぐ為、携帯電話を片手に倉庫の外へ出ていった。

彼らは下っ端の下っ端。自分たちではなにも判断できないらしい。

携帯電話で、女装したユィランの写真と実物のユィランを見比べていたから、写真がなければユィランの顔も知らない程度の小者だ。

「ウラナケ、だいじょうぶ？　いたくない？」

「おー、大丈夫、大丈夫。……ユィラン、寒くね？」

小声で話しかけてくるユィランに笑顔で応える。

ずず、っと鼻血を啜《すす》って、上着の肩でそれを拭《ぬぐ》う。

正体がバレているから、ユィランは、彼らの前で芝居がかった言葉遣いはやめていた。

「もうちょっとしたらアガヒが来ると思うから、辛抱して待ってよ」

ウラナケは音を出さずに、「GPS」と唇で象《かたど》り、ユィランに教える。

敵から動いてくれたほうがいろいろと物事も進むし、あとはアガヒがやってくれるから、ウラナケたちは怪我をしないように、おとなしくしていればいい。

「ウラナケは、アガヒのことをすごく信じてるんだね」

「そりゃもちろん。……俺はアガヒで、アガヒは俺で……って感じだし、たぶん、俺自身を信頼して信用するより、アガヒを信用して信頼したほうが人生何事も正しく進むんだ。それくらいアガヒのことだけは信じてる。……でも、別々の生き物ってだけ」

「べつべつの、いきもの……」

「そう、別々に生きて死ぬ普通の生き物」

「ウラナケはアガヒに執着がないの……？」

「俺はアガヒだけが頼りだけど、執着はよく分かんない」

「愛してるんだよね……？」

「さぁどうだろ。そんなの考えたこともなかった」

「……獣人や人外との共同生活は不便が多いから愛情が試されるわ……って、昔、おかあさんが言ってた」

「俺、人間らしい生活したのってアガヒと暮らし始めてからで、それが普通で育ってるからなぁ……。基本的な人権のある暮らしっていうのを俺に教えてくれたのはアガヒだし、アガヒの日常生活の送り方をそのままコピーしてアガヒと同じように生きてきたし、アガヒとの生活しか知らないから、……うん、不便とか考えたこともなかった」

「ウラナケは、何回アガヒって言うの……」

「だって、生活の仕方も、仕事も旅行の計画も、料理する時も、難しいこと決める時も、いざという時も、とにかくアガヒに任せたら失敗しないんだよ」

「……う、うん」

「でさ、俺、思ったんだけど、俺、アガヒの過去を知らないけど、ぜんぜん一緒に生きてけるし、知らないことが恐ろしいことだって思わないんだよ」

「思ったの、思わなかったの……どっち……」

「だって俺が知らなくてもアガヒが知ってるし、仕事関係から経理処理までぜんぶアガヒがやってくれてるし、家計簿もアガヒがつけてくれるし、お役所関係の手続きとか住民税とか健康保険の支払いとかもアガヒがやってくれてるから大丈夫なんだよ」

「大丈夫じゃないよ……アガヒがいなくなっちゃったらどうするの……」

「考えたことない。今度アガヒに聞いてみる」

「……そのアガヒがいなかったらどうするの」

「頑張る」

ウラナケは、いざとなったらちゃんと頑張れる。本能でアガヒの為になることをする。

それに、アガヒはちゃんとウラナケに教えてくれている。

生きていく方法も、生活の知恵も、それこそ、役所関係の細々《こまごま》としたことも……。

でも、一度にそれをぜんぶ教えるとウラナケが混乱するから、一緒に生きていくなかで、ちょっとずつ教えてくれている。

ウラナケは、アガヒの知識や優しさ、重いほどの愛で、支えられている。

「俺は、たぶん、すごく大事にされてるから、その分以上に返したいとは思ってる」

「……うん。大事にされてるのは、ウラナケを見てたらすごく分かる」

ただ、アガヒはウラナケをとっても甘やかす。それが問題だ。

「お前ら、静かにしろ」

いつの間にか会話の声が大きくなっていたのを、見張りが聞き咎《とが》めた。

気の短い蛇男がウラナケの腹を蹴り、ウラナケはコンテナに背を打ちつける。

その拍子に、コンテナの上に無造作に置いてあった古縄や頭陀袋《ずだぶくろ》が落ちて大きな物音を立て、「おい、大丈夫か」と倉庫の外にいた二人が顔を覗かせた。

「問題ない。……そっちはどうだ？　連絡はついたか？」

「いまこっちへ向かってるそうだ」

電話を終えた二人の男も、倉庫へ戻ってくる。

「……で、どうするって？」

「坊ちゃんのほうはそのまま。男のほうはＩＤと所属だけ確認して始末しちまえってさ」

「なら、とっととバラして鱶《ふか》の餌《えさ》にでもしちまうか」

鼻の潰れた熊、見張りの蛇、携帯電話片手の猫。

三匹の獣人が顔を見合わせ、ウラナケに向き直る。

「いってぇよ、触んな」

前髪を摑まれたウラナケは、熊の顔面に唾《つば》を吐く。

そんなことをすれば余計に殴られると分かっていたが、反射だ。どうしようもない。

アガヒ以外に触られるのは、気持ちが悪い。

「どこの誰か知らねぇが、調子乗ってんじゃねぇぞ。……ヒトの分際でクェイ家に盾突きやがって……」

「なぁ、にいちゃんよ、アンタの持ってたID、アレ偽造だよな？　……ってことは、俺たちとそう変わらない仕事ってこった。とっとと正体バラしてくれたら、そんなに痛い目に遭わせずにあの世へ送ってやるぞ」

「……ちょっと待て、どこかで見たことのある顔だな。……なぁ、お前も、こいつ知ってるだろ？」

「あぁ？　そんな奴知らねぇよ。……いや、待て、顔をしっかり見せろ。……あぁ、思い出した。こいつ、売春通りで母親と一緒に街娼《がいしょう》やってたガキだ。デカくなってたから分かんなかったが、その髪と眼の色、間違いない」

「そいつのことなら俺も知ってるぞ。獣人相手にアヘってたガキだろ？」

「獣人相手どころか、獣人専門のガキだよ。ケツ使いすぎてゆるんじまってな、獣人の客以外とれなくなったんだよ。母親はそれで野垂れ死んじまったはずだ。……よぉ、坊主、お前とおふくろさんには世話んなったな。まだ生きてやがったとは驚きだ」

「……こいつ、でけぇ用心棒みたいな獣人飼ってたチビか？」

「逆だろ？　こいつのほうが獣人のオスに飼われてたはずだ。……坊主、上等の飼い主に拾われてよかったなぁ？　ケツはまだ使いモンになるか？」

「……てことは、飼い主はあの希少種の虎のオスか……」

「なら、こいつ……」

男たちが一斉にウラナケを見る。

「ひっ……」

ウラナケではなく、ユィランが悲鳴を上げた。

男たちのウラナケを見る目が、あからさまに変わったからだ。

その目つきは、まるで珍獣か金塊でも発見したような、ギラついた目だ。

さっきまで早く殺そうと言っていた男たちの思考が、それ以外の欲に囚《とら》われている。

「ユィラン、おいで」

「……ぅらなけ……っ、こわい、こわいよ……」

どうしてウラナケはこんな目を向けられて平然としていられるの？

ユィランは地面を這いずり、胡坐をかいたウラナケの太腿に身を乗り上げる。

首を竦《すく》めてお団子みたいに丸まって顔を伏せ、ぷるぷる震える。

途端、倉庫の裸電球がすべて消えた。

真っ暗闇だ。

ものの数秒で、獣人の眼がいくつも光る。

その数秒の間に、ウラナケはユィランを抱えて立ち上がり、後ろへ飛んだ。

鳥のように高く飛ぶのではなく、後方へ跳躍してコンテナの側面に着地する。

着地点を足がかりにして、縦積みされたコンテナを二つ三つと飛び越える。

積み上げられたコンテナのてっぺんまで来ると、隣接するコンテナの上を走り、二階へ上がる階段めがけてジャンプして、片手で階段の手すりを掴み、ぐんと勢いをつけて二階の床まで飛んで着地する。

ユィランが、ぴよっ！　と両耳を逆立てるより前にウラナケはもう次の場所へと走り出していて、二階の窓を割り、そこから外階段を駆け上がり、屋上へ出ると隣の倉庫の屋根に飛び移った。

「すごい……」

ウラナケに抱かれたユィランは、思わずそう口走る。

ユィランの養父はヒト科のオスで、線の細い優男だった。

私塾の先生をしていて、優しく穏やかな気性の持ち主で、暴力とは対極にいた。

玉兎族の母もそういう人だった。

こんなにも疾走感のあるオスと接したのは初めてで、なんだかドキドキする。こんなにも力強さに溢れ、走るたびに筋肉が動くのが分かると、すごくカッコイイ。

自分は、父や母に似たタイプになるのだろうか、それとも、こんなふうに力強いオスになれるのだろうか……、できることなら、誰かを守れる強いオスになりたい。

さっきまで危機的状況だったのに、ユィランは呑気《のんき》にそんなことを考えていた。それくらい、すっかり安心しきって、ウラナケに身を任せていた。

「ウラナケ、おっきいね」

「もうすぐ俺よりデカいの来るよ」

ウラナケが笑って、ユィランを抱えたまま倉庫の屋根から飛び降りる。

急速に迫りくる地面と、体にかかる風圧に、ひゅ、とユィランが息を呑む。

その時、視界の端で、なにかが動いた。

虎だ。

夜に映える、青く、白い虎。

毛足の長い、特殊な見た目の虎は、ウラナケたちのいた倉庫の屋根から飛んで、隣の倉庫の壁に着地すると、まるで岩山を駆け下りるように跳ねて、中空を落下するウラナケをお姫様だっこで受け止める。

地面に到着する頃には、四本脚で移動する虎の本性から、二足歩行の獣人の姿へ戻り、けれども、虎だった頃と同じ速さのまま、また次の場所へ駆けて、瞬く間に倉庫街を抜け、ひと気のない郊外まで走り抜けた。

「遅くなった、すまん」

「ほんと遅い。あそこ寒いし、ケツ痛いし、腰痛い……、めちゃくちゃ蹴られた！」

ウラナケは元気に文句を垂れて、アガヒの鬣《たてがみ》にもふっと埋もれて抱きつく。

ウラナケとアガヒの間に挟まれて、二人の胸でむぎゅっとなったユィランは、大きな虎にだっこされるのが初めてで、目を丸くしている。

「わりと乗り心地いいだろ？」

ふかふかのふぁふぁは、アガヒの自慢で、ウラナケのお気に入りだ。

「すごいね、おっきいね、ウラナケの旦那さん」

「うん、でっかいの」

ウラナケは拘束されていた両手のロープを解き、ユィランの手も自由にする。

ロープのあちこちが、ナイフかなにか鋭い得物で削ったようにほつれている。

ウラナケが自力でロープを解いていたことに、ユィランはちっとも気づかなかった。

「すごいだろう、うちの嫁」

アガヒが笑った。

「うん。すごい。ウラナケかっこいい」

ユィランは、さっきまでの自分の考えを否定した。

ウラナケはもっとしっかりしたほうがいいと思ったけれど、そうじゃない。

ウラナケがアガヒを信頼しているように、アガヒもウラナケを信頼している。

二人とも、それぞれ得意とする分野があって、その役割を充分に担っている。

そして、相手に自分を委《ゆだ》ねている。

夫婦が、お互いに信頼を寄せ合っている。

それは、すごく、すごく、心地良くて、喜ばしくて、大切で、愛《いと》おしいものだ。

だって、ユィランの両親も同じようにお互いを補い合っていたから。

それと同じだと気づいたら、住民税の支払い方が分からないくらいは些細《ささい》なことだとユィランは思った。

＊

まっすぐ家には帰らず、郊外にある隠れ家のひとつへ向かった。

平屋建ての田舎風の小さな家が、田園風景のなかにぽつんと佇《たたず》んでいる。

「ウラナケ、かわいそうなお顔になってる……病院いかなくてだいじょうぶ？」

「問題ない。すこし冷えただけだ」

「腰が痛いって唸《うな》ってたよ？　いっぱい蹴られたから？　ぼくのせい？」

「君のせいではない。ウラナケは昔から腰痛持ちなんだ」

ウラナケの手当てを終えたアガヒが、ユィランに答える。

寒くて凍えるほどの夜に倉庫へ監禁されて、殴られて、体温が下がった。

ユィランの前では元気そうに振る舞っていたけれど、それは、心配をかけない為だったらしい。

ユィランは、もともと体温の高い兎だし、ウラナケとアガヒが、出かける前にあったかい下着や上着、マフラーと手袋、カイロで完全防寒してくれたから暑いくらいだった。

けれども、ウラナケにはコンテナ倉庫の寒さがこたえたようだ。

「ユィラン、君もこちらへおいで」

アガヒが尻尾で手招き、ユィランを懐に迎え入れる。

火を熾《おこ》した暖炉の前で、本性をとったアガヒが寝そべる。

アガヒはいろんな虎の血が混じっているが、ベースは青虎という希少種だ。

現存する虎の亜種のなかでは最大級で、全長は三メートルを超える。

尾っぽはちょっと短めだけど、丸々として太い。触ると、ふわっとやわらかいのに芯があって、思いのほかにしっかりしている。

その尻尾は、ユィランが両手を広げたより長くて、縞《しま》の幅と間隔も広い。

鬣を含め、体毛は青に見える灰色をしていて、かなりの長毛だ。冬毛は夏毛の三倍近くになり、真冬にもなると、頬と腹側は立派な房飾りみたいになる。

いまは十二月だから、これからもっと、もふもふのふかふかになるだろう。

腹側の毛皮だけは真っ白に近い灰色で、その懐にウラナケがすっぽりと収まっていた。

まるで、ウラナケの為に誂えたソファみたいだ。

ウラナケはアガヒの毛皮と体温で暖を取り、猫みたいに目を細めている。

ここに到着してすぐは、「……背中とケツ、腰、痛い……」と唸ってぐったりとしていたが、アガヒといると安心したのか、緊張の糸が切れたように、うとうと舟を漕《こ》ぎ始めた。

小さく丸まったユィランも、アガヒの顎下にすっぽりと入りこむ。

ユィランは白兎だから、そこに埋もれるとすっかり保護色だ。

ウラナケと一緒で、アガヒの懐に隠れると、安心できる。

あったかくて、どっしりしっかりしていて、おっきくて、こわいものから隠れることができて、守ってもらえる。

さりさり、ざりざり。ちくちくの舌でアガヒが毛繕いしてくれるから、ユィランもウラナケも、くぁあ……と欠伸が漏れる。

「ねぇ、アガヒ、ぼくたちを捕まえた獣人さん、……ちっとも追いかけてこなかったけどどうしたんだろ？」

「さぁ、どうしたんだろうな」

アガヒは微笑《ほほえ》み、べろりと長い舌でユィランの兎耳を撫でつける。

「………」

殺したんだ。ユィランはそう思った。

あの獣人たちは、ウラナケに危害を加えたのだ。

きっと、ウラナケとユィランが逃げている間に、アガヒが殺したに違いない。

「ユィラン、君が考えるほど恐ろしいことはしていないよ」

「ほんと……？」

アガヒは、さらりと嘘をつくからこわい。

小動物の本能がそれを感じとり、尻尾がきゅっと縮こまる。

「愛しい人を傷つけられたら、君もきっと同じことをする」

「………」

「どうかしたか？」

「ううん……」

真意を推し量るような眼差《まなざ》しでアガヒが見つめてくるから、ユィランは自分の耳を引っ張って両目を隠し、アガヒから視線を外す。

「ところでユィラン、先ほど君が聞かせてくれた話だが……」

「……ごめんなさい、あんまり役に立てなくて……」

ユィランは、喋るのも億劫《おっくう》なウラナケに代わり、モリルとの会話や、ユィランたちを攫《さら》った男たちのこと、見聞きしたこと、感じたことをすべてアガヒに伝えた。

もちろん、ウラナケがひどく侮辱されたことも話した。

思ったよりもアガヒは怒りを見せなかった。

こういう時、ユィランは、二人の間に歪《いびつ》なものを感じる。

伴侶を傷つけられて殺すくせに、どこか、淡々としているのだ。

信頼し合って、補い合って、支え合って生きているのは分かるけれど、この二人を見ていると不安になってくる。

だって、二人の関係性はひどく甘ったるいのに、どこか表面的なものを見せられているようで、本心が見えないのだ。

「……こそばい……」

ウラナケがかすれ声を漏らし、アガヒの懐で身をよじった。

ユィランのまんまる尻尾が、ウラナケの頬にむにむに当たっている。

「ごめんねウラナケ、起こしちゃった？」

「んー……だいじょうぶ、起きた。アガヒ、尻尾と脚こっち……ユィランはここ……」

ウラナケは寝惚けたままユィランを腹に抱くと、アガヒの尻尾を太腿に挟み、アガヒの後ろ脚の間に自分の腰を挟んでもらう。

「すまん、すこしそうしてやっててくれ」

ウラナケの体は、三人のなかでまだいちばん冷たい。

アガヒに言われて、ユィランはウラナケの抱き枕になった。

アガヒも、自分の重い体重でウラナケを潰さないように、無理な体勢をキープし続け、文句ひとつ言わず布団になっている。

「アガヒ……明日からの行動予定考えといて……あと、俺、明日はたぶん起きらんないから寝てる……」

「立てそうにないか？」

「……うん」

「分かった。買い物と食事の支度、洗濯、いつも通りにしておく」

「そんで、クリーニング出してるやつの引き取りと、風呂とトイレ掃除と……」

「分かった。ぜんぶやっておくから寝ろ」

「うん。……よろしく。……アガヒ、ユィラン、なんか喋って……」

おしゃべりしていると気が紛れて、じわじわと残る痛みを忘れられる。

言いたいことを言って、要望を伝えるだけ伝えると落ち着いたのか、ウラナケは目を閉じる。

痛み止めの薬は効いてきたが、まだ眠れない。

「……二人は、お互いのうち、どちらかが先に死んじゃったらどうするの……」

逡巡ののち、ユィランは素朴な疑問を口にした。

「どうもこうも……、俺は死んでないから、生きてるよ……」

「先立たれたからといって、次の日からなにか変わるわけでもないしな」

ウラナケとアガヒは、同じようなことを答えた。

こんな商売をしているのだ。

お互いに、「常にあいつが仕事で無事だとは思っていない。でも、必ず生きて帰ってくるだろうし、生きて帰ってこない時は、つまり、そういうことだろう。でも、もし、息も絶え絶えで帰ってきたとしたなら、それは、死ぬなら俺の腕のなかと決めているからだ。だから、それでいい」と割り切っている。

別々の生き物なのだから、生きるも死ぬるも別々でもしょうがない。

「まぁ、そんなことは分かっていても、それでも一緒に死にたいと願うものだ」

アガヒはわりと欲張りだ。

「アガヒは、……そういうとこあるよな……、……俺は、なんでもいいや……アガヒはアガヒのやりたいようにしたらいいし、……俺は、その決定で文句ない」

ふぁああ。気だるげな欠伸をして、アガヒの懐でもぞりと蠢《うごめ》く。

こういう死生観だからか、アガヒも、ウラナケも、日々の生活を大切にしている。

どちらかからそうしようと言い出したのではなく、長く一緒にいるうちに、なんとなくいつの間にか、気づいた時には、そういう生活基盤が整っていた。

二人には、片割れが死んだあとも一人で生きていくという強い信念がある。

たとえば、好きな人が殺されてしまった時。

アガヒとウラナケは復讐も悲しみもするだろう。

だが、「なぜ自分も一緒に死んでしまわなかったのだろう、そしたらこんな思いしなくて済むのに……」とは思わない。

それが、ユィランには不思議で、恐ろしいものに映る。

「二人を見てると、不安になっちゃう……」

「なるほど。俺たちの関係が安定していないと、君の安全も損なわれると……」

「たぶん、そう……そうだけど、そうじゃなくて……」

ユィランの知っている夫婦と、この二人は、ぜんぜん違う。

ユィランの両親のように仲睦《なかむつ》まじくはあるけれど、どこか違う。

ユィランの両親は、つれあいが死んでしまったら生きていけないと言っていて、そして、その通り、二人一緒に死んでしまった。

「二人は結婚してるんだよね……？」

「同居の流れで、そのままこの生活だからな。籍も入れてないし、結婚式もしていない。いわば、事実婚というやつか」

「そういえば、なにもしてないかも……」

アガヒの答えに、ウラナケもうつらうつらしながら頷く。

「なんで夫婦なのに結婚しないの？　いまの世の中、オスメス、獣人と人外と人間、種類に関係なく好きな人と結婚できるのにどうして？　結婚しない夫婦もあるから？　形だけに囚われたくないから？　一緒にいるだけで充分だから？　そんなのやだよ。僕のおとうさんとおかあさんみたいに、二人も……」

矢継ぎ早にそこまで捲し立てて、ユィランは黙った。

ウラナケとアガヒは、ユィランの母と父ではない。

自分のさみしさの穴埋めをする為に、自分の理想を二人に押しつけてはいけない。

「ごめんなさい……」

「どうしたんだよ、ユィラン、……なんでいきなり謝んの？」

ウラナケは重い瞼を持ち上げ、ユィランをきつく抱き寄せる。

「……ごめんなさい、ご、めんぁざぃ……ぇんあ、さぃぃ……」

「アガヒ、なんとかして……どうしよう、目、ぽろって落ちそう」

ウラナケはアガヒに助けを求める。

ユィランのおっきな目には涙が浮かんでいて、いまにも零《こぼ》れ落ちそうだ。

「昨日の夜と同じだ」

アガヒはそう答えて、昨夜《ゆうべ》と同じように、ウラナケごとユィランを抱きしめる。

ユィランは、ウラナケとアガヒという夫婦を通して、自分の両親を見ている。

自分の傍《そば》近くに、母と父がいることを感じようとしている。

二人の死に向き合おうとしている。

でも死を受け入れられず、無意識に代替品を求め……、ウラナケとアガヒにそれを求め、なのに、アガヒとウラナケはユィランの両親とはあまりにもかけ離れすぎていて、二人を理想の両親にはできない。

ユィランは賢いから、自分の間違った思考にすぐに気づく。

そして、そんなことを考える自分が最低に思えて、混乱して、戸惑って……、いつまで経っても、悲しめない。

悲しむより先に、頭のほうは、いま目の前にあるさみしさを解決しようとしてしまう。なのに、それは間違った方法ばかりで、間違っていると分かっているのにやめられなくて、おとうさんとおかあさんを求めずにはいられない。

ちょっとややこしい思考回路をしているけれど、ユィランは素直な子だ。

ただただ、親が恋しいだけ。

両親を一度に失って、さみしくて、心細い。

大好きなおとうさんとおかあさんを助けられなかった。

賢い頭を持っているのに、いざという時になんの役にも立たなかった。

もし、自分がちゃんと両親のことを理解して、両親の為にもっと頭を使って、いろんなことに気を巡らせて、もっと物事を深く考えていたら殺されずに済んだのでは……。

そう考えてしまう。

今日は、ユィランのせいでウラナケが傷ついた。

もしかしたら、二人を助けにきたアガヒも傷ついていたかもしれない。

もし、ウラナケとアガヒまで失ってしまったら……。

そう考えると、不安で、不安で、たまらなくなってしまう。

「二人とも、もっと仲良くして……毎日愛してるって言って、キスして、ハグして……、ちゃんと、ぼくの前で……三人で……、っ、……いなくならないで……」

こんなことを二人に求めるのは間違いだと分かっているのに、求めてしまう。

「倉庫にいる時も、もしアガヒがいなくなったらどうするの、って訊いてきたもんなぁ。こわかったんだよなぁ。……俺、そういうのちゃんと考えたことないし、いなくなったらいなくなったで、まぁそんなもんか……って思ってたけど、ちゃんと答えてやれなくてごめんな……」

「……じゃあ、いま答えて」

ユィランは、安心が欲しい。

「んー……、なぁ、アガヒ」

「なんだ？」

「お前、俺の傍からいなくなんの？」

「……いや、ずっと傍にいるつもりだが……」

「ほら、な？　アガヒは俺とずっと一緒にいるって言ってるから、安心していいよ」

「……ウラナケは、いっつもアガヒだ」

ぜんぶ、アガヒに委ねる。

ユィランはウラナケの言葉を聞きたいのに、アガヒに決定権を委ねる。

それは信頼の証《あかし》なのかもしれないが、ウラナケの本心を聞きたいと思うユィランの気持ちからは、ズレている。

「ウラナケ、ユィランはお前の返答では不服なようだぞ」

「ぼくがなにを訊いても、……ウラナケは、ぜんぶ、アガヒって答える……」

アガヒがする、アガヒが決める、アガヒが考える、アガヒが助けにくる。

アガヒ、アガヒ、アガヒ……。

アガヒの名前ばっかり繰り返す。

「嬉しいな。こいつは好きだの愛しているだのを言葉にしないから……」

「……アガヒって言われるのがうれしいの？」

「あぁ、嬉しい。俺の名をそうして何度も呼んでくれるのだから」

うるる。アガヒが喉を鳴らす。

太い首をもたげて、二人を囲いこみ、自分の懐の内側に大事な宝物を覆い隠す。

「ウラナケは、もっとアガヒに愛してるって言って……おねがい……」

「……俺、そんなに愛してるって言ってないかなぁ……？　気持ち的には、毎日言ってるつもりだったんだけどなぁ……」

起きているのか寝ているのか分からない声で、ウラナケが返事をする。

「まぁ、滅多に言わないな」

アガヒが答える。

「……言って欲しい？」

片目だけを開いて、ウラナケはアガヒを見やる。

「お前は日系の血が入っているからか感情表現が控え目だし、普段からあまりそういうことを口にしないタチだ。無理はしなくていい。それに、その分、キスしてくれるからな」

ウラナケは、アガヒ以外のオスに触るのも触られるのもいやがる。そんなウラナケからキスだけでも与えてもらえるなら、それはアガヒにとって特別なものになる。

「さみしくない……？」

「傍に本人がいるから、さみしくはないな」

アガヒは、ユィランの立ち耳がうっとり垂れ耳になるほど良い声で、低く笑う。

「俺も〜……」

その笑い声につられて、薬の効いてきたウラナケもまた、会話の意味も理解せず、ふにゃふにゃ笑う。

「ぼく、おとうさんとおかあさんにだっこされて、二人にむぎゅってされて、愛してるって言ってもらうの、すごく好きだったよ。幸せだったよ」

「それは確かに幸せそうだ」

両親にむぎゅっと挟まれているユィランを想像して、アガヒは目を細めた。

ウラナケは、ユィランにちゃんと答えてあげなきゃと思いつつ、それを考えるうちに、ゆっくりと穏やかな眠りに落ちた。

*

ひと眠りしたのも束の間、明け方には目を醒まし、寝つけぬまま目が冴《さ》えてしまった。

ウラナケは胡坐をかき、ちょっと離れた位置からアガヒを見つめる。

離れた位置といっても、腕を伸ばせばすぐに触れられる距離だ。

アガヒの前脚と胸筋の隙間に、ユィランがすっぽり埋まっている。

二匹とも真っ白に近いから、小さな雪山が部屋のなかにあるみたいだ。

ふわふわの粉雪でできた毛皮はやわらかくて、あったかいのに溶けない。

アガヒの広い背中が、寝息に合わせて、ゆっくり、静かに、上下する。

十三年間、ウラナケは、ずっとこの背中に自分の命を預けてきた。

「……考えたことなかったなぁ」

好きとか、愛してるとか、そんなの考えたことがなかった。

考えるどころか、意識したことすらなかった。

ウラナケは、アガヒと二人でずっと一緒にいることが当然の生活しか知らない。

その生活も、恋人同士から始まったものではなく、行き場のない者同士が寄り添いあい、共同生活を始めて、じわじわと家族になり、生死を共にする仕事上の相棒になって、気づいたら肉体関係に発展していた。

だから、好きだとか、愛してるとか、そんなの考えたことがない。

トイレで排泄《はいせつ》するように、ご飯を食べるように、息をするように、傍にいる。

それに疑問を抱いたことはなった。

改めてユィランに問われて、「俺とアガヒはずっと一緒にいるって思ってたけど、そういえば、俺たちはなにかを約束した仲じゃなかった」と、思い知った。

事実を指摘されたその瞬間はなんとも思わなかったし、「ユィランは変なこと言うなぁ。俺とアガヒはずっと一緒に決まってんじゃん」と自信満々ですらあったけれど、いま、こうして冷静になって考えたら、不安を覚える。

「俺、あんまなんも考えないからなぁ……」

なんにも考えずに、今日まで幸せに生きてきてしまった。

アガヒと出会って、幸せな一生を送らせてもらってきた。

でも、自分とアガヒの関係性は、不安定なのかもしれない。

ずるずると一緒にいたから、そのあたりの感覚が曖昧《あいまい》になっていた。

「……どうしよう」

俺は、自分で思ってるよりもアガヒのことを……。

これ以上、不安の言葉が出ないように、ウラナケは自分の手で口を押さえる。

「……ウラナケ？」

アガヒが、閉じていた眼を片方だけ開いた。

蛇に似た動きで尻尾が床を這い、掃き掃除をするようにウラナケを探す。

「アガヒ……」

背後から声をかけ、鬣のひと筋をちょびっとだけ引っ張る。

「どうした？　横になるのがつらいか？　座っていたほうが楽なら、こちらに凭《もた》れかかるといい」

「ちがう……腰が痛いのはいつもくらいだから、だいじょうぶ……」

ぐるりと首を丸めるアガヒの、その首筋に両腕を回し、抱きつく。

おっきな体。
ウラナケよりもずっと熱量のある筋肉。
ちらりと片目でアガヒを見やると、知的な瞳が、まっすぐウラナケを見つめている。
心配そうに、様子を窺《うかが》うように、見つめてくれている。
そうしてウラナケを見つめることが幸せみたいな、優しい眼差しで……。
緑がかった青色をした、孔雀《くじゃく》の羽根みたいな瞳。
知的で穏やかな面差しのなかに潜む、肉食獣の瞳。
灰がかった白い睫毛《まつげ》は長くて、その一本一本を数えられるくらいの距離で見つめあい、
暖炉の灯に照らされて、瞳の濡れて揺らぐのが分かるほど鼻先を寄せあって……。
「ウラナケ、顔が赤い。熱が……」
「熱はない」
見つめられただけで、耳が熱い。目の奥も熱い。胸の奥は切ない。
腹の底から、ぶわっ……、と感情が溢れて、目の端がちょびっとだけ濡れる。
見つめられただけで、鼻先をすり寄せられただけで、尻尾で自分を探してもらっている
だけで、優しく声をかけられるだけで……。
ぜんぶいつもしてくれてることなのに、アガヒの一挙手一投足が、まるで、今日初めて
与えられる愛情みたいな気がしてしまって……。

「………こっち見たらだめだ……、はずかしい……」

これじゃ、まるで初恋を覚えた処女だ。

「なんだ、今日は……？　えらく殊勝な態度だ」

挙動不審なウラナケの態度を、アガヒはくすぐったげに笑う。

「なんでもない……」

アガヒの鬣に顔を埋めて隠し、もぁもぁした耳の付け根を弄《いじ》り回して、唸る。

これが当たり前だと思っていた。

こうして甘えることも、当然のように享受していた。

二人で苦労を共にして、二人でなんでも解決して、二人で一所懸命働いて、その幸せの積み重ねで、いまの信頼関係を築いてきて、それは確かなものだという自信があって、毎日、いつも、喜びや楽しみに満ち溢れていた。

けれど、悲しいかな、想像力がどうにも欠如しているウラナケは、それがとても脆《もろ》いものかもしれないとは、疑いもしなかった。

この幸せは絶対的なものなのだと、意味も理由もなく無条件に信じていた。

キスを返すとか、愛してると伝えるとか、相手に興味を持つとか、執着を示すとか、世の中の人は、そういうことにもっと関心を持って生きているとか……、ちょっとしたことで愛情が目減りするなんて考えがあること、思いつきもしなかった。

そんなことでアガヒがいなくなる可能性があるなんて、想像もしなかった。
そんなことでアガヒがいなくなるはずなんかないと信じていた。
好きとか嫌いとか、どれだけ考えてもよく分からない。
いままでそれを気にしたことがないし、いまもそうする必要があるとは思わない。
だって、こうやって十三年間一緒に生きてきたのだ。
そういうことの大切さを知らずに生きてきたウラナケは、幸せ者だ。
そして、恐ろしいほどに愚か。
もしかしたら、自分は、とても不安定な崖《がけ》の端に立っているかもしれないのに……。
ユィランと一緒だ。
自分の想像の及ばない範疇《はんちゅう》のことは、不安で、こわい。
アガヒから、毎日、飽きるほどに「好き」とか「愛してる」と言われてきた。
ただただ、漫然とのその状況を当然のものとして受け入れていた。
アガヒは、そんなウラナケをどう思っているのだろう。
アガヒがなにを考えているのか、よく分からない。
こんな自分のことをどう思っているか、よく、分からない。
どうしよう。
なんで十三年も経ってから、こんなことになるんだろう。

【3】


十三年前の冬は、雨ばっかり降っていた。

真冬の売春通りは、酔っぱらいも、浮浪者も、ヤク中も、行き倒れも、道路で寝ている奴はみんな朝には凍死している。

新市街地や旧市街地、市内の主要地域はセントラルヒーティングで雪も少なく、生活しやすいけれど、ここにはそんなものはない。

「街の外れってだけで、随分と扱いが悪いよなぁ……」

二十五歳のウラナケならそれくらいの軽口も叩《たた》けるけれど、まだ十二歳のその時は、外にスラム以外の世界があることを知らなかった。

「今年は雪じゃなくて雨が多い。坊主、死ぬなよ」

別れ際に、お客がそう言った。

確かに、いまも雨が降っている。

ストリップパブと、街娼を連れこめるモーテル。

二つの建物の隙間にできた細い路地に、しとしと、冷たい雨が落ちる。

そこが、ウラナケの定位置だった。

ストリップパブの一階には庇《ひさし》付きの窓があって、雨風を凌《しの》げる。

そこでなら、雨の日も外でお客がとれる。

まったく濡れないわけではないが、屋根のない場所で客をとるよりマシだ。

ストリップパブの裏口にはビール瓶のケースや青果用の木箱なんかが積み重ねてあり、路地を挟んだ反対側のモーテルの勝手口には、ウラナケの背丈よりも大きなトラッシュステーションが設置されていた。

このトラッシュステーションは、この路地一帯のゴミ箱だから、大型獣人の大人が五人入っても余裕がある大きさで、残飯もたくさん捨てられている。

毎日のご飯と飲み物はここからもらう。

時々、ウラナケを買うお客が、表通りのワゴンで売ってるパンやドーナツ、ホットドッグを買ってきてくれるから、それもご馳走《ちそう》になる。

子供は得だ。ちょっと小銭を渡して「ごはんをください」と可哀想に言うだけで、残飯を漁《あさ》ることも、ここで客をとることも大目に見てもらえる。

「いやな天気だな。……降られる前に帰るか……」

今日二人目の客はそう言って、手早く性欲を解消すると路地を出ていった。

曇天だ。薄暗い灰色で、陰鬱《いんうつ》で、暗くて、見ているだけで鬱陶《うっとう》しい。

細い路地から見上げれば、狭い空は、どんよりと重い。

三人目の客が終わる頃には、曇っていることすら分からないような夜になって、凍えるほどの寒さも一段と厳しくなった。

四人目を探すべく売春通りの表に向かおうとした時、ぐぅ、と腹が鳴った。

ウラナケは、いつものようにご飯を調達する為、ゴミ箱へ近寄った。

ひょこひょこ、とてとて。三人の獣人に使われた骨盤は閉じず、尻の穴からとろりと精液が垂れている。そんなことにも気づかぬまま、ぎこちない足取りで路地を歩く。

乱雑に重ねられた木箱に足をかけ、ゴミ箱を覗きこむ。

どれだけ背伸びしても、底の深いゴミ箱のいちばん上のゴミにすら手が届かない。

ぐらぐら揺れる不安定な足もとで、片足を上げる。もう片方の足の爪先だけで立って、身を乗り出す。それでもやっぱり肉の塊には手が届かない。

ウラナケは足場を高くしようと周囲を見渡し、ゴミ箱の反対側に、大型家具ほどもある粗大ゴミが放置されているのを見つけた。

あれならゴミ箱よりも背が高い。アレによじ登ろう。

木箱にしがみつくようにして、慎重に地面へ下り、ゴミ箱の反対側に回る。

そしたら、粗大ゴミじゃなかった。

行き倒れだ。

ゴミ箱の側面に凭れかかるようにして、浮浪者みたいな獣人が座りこんでいた。

軍人崩れのホームレスらしく、太い首に認識票を下げている。

傭兵《ようへい》崩れか、シェルショックやＣＳＲ《戦闘ストレス反応》で元の生活に戻れなくなった退役軍人か……、そんなところだろう。

ウラナケが言うのもなんだが、汚い。

泥まみれで、ごわごわに固まった毛皮は真っ黒で、剝いで売っても安く買い叩かれそうだし、安酒と煙草《たばこ》とオス臭い獣の饐《す》えたにおいが漂ってくる。

商売の邪魔だからどっか行って欲しい。

でも、すごく大きくて自分じゃ動かせないし、なにかされても太刀打《たちう》ちできない。

死ぬならよそで死んで欲しい。

ここで死なれちゃ商売上がったりだ。

「おい、……いないのか？　……んだよ、今日はいねぇのかよ」

四人目の客が路地に入ってきた。

「いる、ここ……いる」

ウラナケは返事をしつつ、行き倒れの獣人に視線だけを流すと、ゴミ箱の脇《わき》に丸めて捨てられていた毛布を引っ張ってきて、その獣人にひっかぶせた。

隠しちゃえ。

ウラナケは、上手に隠せたと得意になって、四人目の客のもとへ向かった。

＊

大体いつも同じ時間に家を出る。

寝床にしている地下のマンホールには客が来ないから、夜になると、そこに寝泊まりする同年代の多くは、元締めの手下に集められて、売春通りへ向かう。

獣人は、昨日と寸分変わらぬ場所に座っていた。

毛布が頭からずり下がっていたので、ウラナケは汚い毛布をかけ直した。

死んでるのかな？

そう思って太腿に乗り上がり、顔を覗きこんだら、孔雀の羽みたいな眼がきらきらしていて、まだ生きていると分かった。

それに、ウラナケと同じゴミ箱で残飯を漁っているようだったから、ちょっとムカついて、「俺の餌場を獲《と》るなよ、新入り」と、お髭《ひげ》を毟《むし》った。

早く追い出したかったから、それから毎日、髭を引っ張って、毛布で隠してやった。

虎はちっとも反応しなかった。

小雨の降るある日、客に絡まれた。

いつもウラナケを買う熊の獣人だ。規格外の男性器が自慢のオスで、でも、金はあまり持っていないから、滅多に娼婦を買えない羽振りの悪い客。

そもそもこの熊男は、小さいオスにしか反応しない性癖の持ち主だ。

そして、この熊の一物を根元までしっかりハメることができるのは、このあたりじゃウラナケだけだから、金が貯まったらウラナケのところへ来るしかない。

ケチ臭い熊男は今日も極端に値切り始め、それに抗議したウラナケにキレて、無理やり犯そうとしてきた。

まぁ、しょうがないか……腕力じゃ勝てないし……。

今日はもう商売できないだろうなぁ。

ウラナケは抵抗するより早く終わるほうを選んだ。砂利の地面にほっぺたが擦《こす》れるのを感じながら、のしかかってくる熊に潰されないことだけを祈る。

ガン！　すごい音がして、体が軽くなった。

首を後ろへ捻《ひね》ると、山みたいに大きな影が、熊男をレンガの壁に押しつけていた。

その大きな影が、鷲摑《わしづか》んでいた熊の首から手を放すと、熊はずるずると地面に落ちる。

熊は鼻がぺしゃんこに潰れていて、鼻血で真っ赤に染まっていた。

大きな影は、続けざまに熊の尻を蹴飛ばし、熊ご自慢の性器を踏みつける。

熊は最初の一撃で気絶していたけれど、今度は泡を吹いて白目を剝いた。

熊よりも大きなその影は、熊の懐から財布を取り出し、いつも大体ウラナケがもらっている金額より多めに取ると、それをウラナケの前に落とした。

ウラナケが呆気《あっけ》にとられている間に、その大きな影は熊の襟首を摑み、まるで仔猫か何かを移動させるように軽々と路地を引きずって、表通りに放り出した。

表通りの街灯に照らされて、ようやく、その影が、あの浮浪者獣人だと分かった。

獣人は、ウラナケからは見えない位置に熊を放置すると、また路地に戻ってきて、地面に座りこむウラナケの脇を通り過ぎ、いつものゴミ箱の隣に腰を下ろした。

ウラナケはよたよたと地面を這い、その獣人に近寄った。

立ち上がって歩くより、四つ足で赤ん坊みたいに地面を這ったほうが早かった。

片膝を立てて座る獣人は目を閉じていて、ウラナケを見ない。

ウラナケは、掻き集めた紙幣の一割を、獣人の太腿に置いた。

風で飛ばされないように、雪や雨でぐちゃぐちゃにならないように、獣人の片腕を摑み、ちょっとだけ移動させて、お金の上に乗せた。

太い腕は、ウラナケが両腕を使っても持ち上げられないほど重かった。

肉球があって、爪が尖っていて、指先の丸みが少ない。筋肉質な腕だった。

ウラナケが顔を上げると、孔雀色の瞳がウラナケを見ていた。

「アンタの取り分」

なにかを問われる前に、ウラナケはそう言った。

その獣人は、なにも言わずにまた目を閉じた。

小雨が止《や》んで、その日はそれでおしまい。

せっかく雨が止んだのに、その日、二人目の客は来なくて、商売上がったりだった。

それから、……なぜかは分からないし、お互いに会話も交わさないけれど、ウラナケが悪い客に当たった時は、その獣人が助けてくれた。

そういう時、ウラナケは自分の取り分から一割を渡した。

獣人からそれを求めてきたわけではないけれど、ウラナケはそうした。

タダよりこわいものはない。お金を渡して共犯者にしておけば言い逃れもできる。

ウラナケは、個人で商売しているわけではない。この商売にはちゃんと元締めがいて、路上で春を売る子供たちをまとめている。その元締めの手下が、毎晩、売上金の回収にくるから、手元にはほとんど残らない。

けれど、客との交渉でちょっと多めにもらえたり、色をつけてくれる客もいる。

それを、この獣人に渡していた。どうせ、チップをもらったって、手下や元締めに見つかったらぜんぶ没収されてしまうのだ。それなら、自分の身の安全を守ってくれる獣人にくれてやったほうが、まだ納得がいく。

そんな日々がいくらか続いたある日、すごく気前の良い客に当たった。

服も、靴も、時計も、持ち物がぜんぶピカピカしていたから、獣人系のマフィアのボンボンか、新市街地の獣人のお金持ちの息子か、そんなところだろうとアタリをつけた。

その客が、チップをぽんと弾んでくれた。

ウラナケへの扱いも良くて、優しかった。

……でも、もうすぐ元締めの手下が売上金の回収にくる。

ウラナケは、お金の隠し場所に困り、右往左往して、今日も真面目にゴミ箱の番人をしている獣人を思い出した。

「持ってて！」

汚れた開襟シャツの懐に、お金の束を突っこんだ。

ストリップパブのお客になった心地だった。ストリッパーの馬の獣人のお姉さんの下着にお金を差しこんでるみたいで、ウラナケは気分が良かった。

獣人は、そのお金を泥棒しないで、後日、ちゃんとウラナケに返してくれた。

変な獣人。

一銭も着服しなかった獣人に小首を傾《かし》げたけれど、それからは、余分にもらったお金はぜんぶその獣人の懐に突っこんだ。

この獣人に預けたお金は、いつも、ちっとも減らずに返ってきた。

それから何日か後に、この間のピカピカのお金持ちがまたウラナケを買ってくれた。一回分じゃなくて、ひと晩借り切りの売春料金とモーテル代、それに、たらふくのご飯。しかも、前回よりもたくさんのチップを弾んでくれるらしい。

ふかふかのお布団で眠れるし、お風呂にも入れるから、ウラナケは嬉しい。

宿泊するモーテルは、獣人が凭れかかっている壁の建物。目と鼻の先だ。

たくさんお金をもらえたら、この獣人にメシくらい奢《おご》ってやってもいいかな……、なんてことをウラナケは考えていた。

＊

水っぽい雨みたいな霙《みぞれ》が、いつまでも止むことなく降り続ける。

反吐や汚物の混じった、薄汚い雪だ。

べちゃりとして、いつまでもずっとぐずぐず地面に残る。

「…………」

こんなにも寒い夜だ。今夜は来ないかもしれない。

ゴミ箱の脇に座りこんだ獣人は、いつもならもう姿を見せているはずの子供の姿がないことを気にかけていた。

昨夜の客は羽振りが良かったようだから、一日くらい休んでもいいだろう。

あの子供は、毎日決まった時間に道に立ち、決まった時間に売上を徴収され、決まった時間に帰っていく。たまには、その勤勉さを手抜きしてもいいはずだ。

もしかしたら、あの上客に引き取られたのかもしれない。

そんな希望的観測を思い描いていると、その子が路地裏に姿を現した。

「……！」

獣人は弾《はじ》かれたように立ち上がった。

もうなにもかもいやだとこの世に見切りをつけて世捨て人になったはずなのに、そんなことも忘れて、立ち上がった。

山のように大きな獣人が急に立ち上がったうえに、孔雀色の瞳を大きく見開くものだから、えらく驚かせたようで、その子は小さな口をぽかんと開けて、獣人を見上げていた。

だが、その子以上に、この獣人が驚いていた。

驚いて、声を失っていた。

痩《や》せっぽちのその子は、ひどい怪我をしていた。

殴る蹴るをされたのではなく、獣人が軽く力を加えただけで引きちぎれるような四肢を乱暴に摑まれ、力任せに腰や背中を押さえつけられ、小さな体を一方的な欲求の捌《は》け口《ぐち》にされ、ひと晩中犯された。

昨日と同じ襤褸《ぼろ》を頭からかぶっただけのその子の、シャツに隠れた部分がどうなっているかは、見なくても分かる。

ひょこひょこと左右に体を振るように歩いていて、前へ進んでいるように見えて、足が前に出ていない。股関節《こかんせつ》の様子がおかしい。爪先が横に開いて、歩みがブレている。

「なぜ助けを求めなかった！」

思わず、そう怒鳴っていた。

「…………」

「いつも金を渡すのは、その為だろうが。……なぜ、いちばん大事な時に呼ばない。助けてと言えずとも、名前くらい……」

そこまで言って、獣人は黙った。

この時、この獣人と子供は、お互いの名前すら知らなかった。

「…………」

その子は、獣人がなぜ怒っているのかも分からないようで、両手いっぱいに握りしめたお金を、獣人の懐に突っこんだ。

もともと感情表現の乏しい子で、笑いもせず、泣きもせず、痩せた頬の筋肉が大きく動くところをこの獣人は一度も見たことがなかったけれど、「持ってて」と獣人に声をかけてくる時だけはちょっと得意げで、楽しそうだった。

持ってて。

いつもなら声に出して言うのに、今日は声もかけてこなかった。

「……声を、出せないのか……」

細い喉が、どす黒い色に変わっていた。

首を絞められて、助けを呼べないようにされていたのだ。

それも、大人の太い腕を使って顎下を押さえこまれ、喉を潰すように絞められたのだろう。輪状の絞痕《こうこん》にはならず、首周り全体が内出血している。

顔や鎖骨周り、皮膚の薄い箇所が鬱血《うっけつ》し、眼球も血走っていた。紫がかった暗い夜のような、黄褐色《おうかっしょく》の混じった藍色《あいいろ》の瞳は、どろりと淀《よど》んでいる。

獣人は、頭に血が上るのを感じた。

生きることをやめるほど厭世的《えんせいてき》だった自分の脳が、焼き切れそうなほど怒り狂っていた。

「…………ぁー……」

爪を鋭く尖らせる獣人のその指を、一本だけ、その子が握った。

獣人は、咄嗟《とっさ》に爪を丸めた。

そうしたら、その子は、相変わらず表情の乏しい虚《うつ》ろな顔で獣人を見上げ、「今日、休み、使いもんになんない」と唇だけで、ゆっくり、伝えてきた。

その日、獣人は、その子を抱きしめて眠った。

名前がないと呼ぶにも不便だが、この獣人にはそれがないらしい。

最初の頃には首にかけていたはずの認識票も、もう首にかかっていなかった。

「ななしのとら……」

「それは勘弁してくれ」

「じゃあアガヒ」

ウラナケは、その獣人をアガヒと名付けた。

アガヒは首を縦にも横にもしなかったけど、アガヒと呼べば返事をした。

「なにかあったら自分を呼べ、必ず助ける」

アガヒは、ウラナケにそう言った。

「自分さえ救えないような奴が、他人を救えると思うな。自分自身をなんとかしてから、他人に手を差し伸べろ」

アガヒの言葉に、ウラナケはそんなふうなことを言い返した。

アガヒはやっぱり首を縦にも横にもしなかったけど、ウラナケの言葉に反するように、ウラナケを守った。

＊

わりと頑固な男だと思った。

その日から、ウラナケはアガヒに一定の金額を払って、個人的に護衛として傍にいてもらうことにした。アガヒはお金を受け取らなかったけど、ウラナケはおひねりを挟むように、アガヒの胸に挟み続けた。

こんなに大きな体なんだから、ご飯だってきっとたくさん食べる。

ウラナケは、この稼ぎは二人の稼ぎだと思うことにした。

だから、二人分のご飯代になるように、いっぱい稼いだ。

ウラナケの寝床のある地下のマンホールにも案内してあげた。

元締めはなんにも言わなかった。

ウラナケの取り分が減るだけだからだ。

それに、アガヒはちょっとそこいらでは見かけないくらい大きくて強い獣人だったから、逆らわないほうがいいと判断したのだろう。

アガヒは、ずっとウラナケの傍にいた。

トイレの時も、公園の水飲み場でお風呂に入る時も、寝る時も、ずっと一緒。

良いことと言えば、アガヒが布団になってくれるから、毎日あったかい寝床で寝られるようになったことだ。力の入った胸板は固いけれど、アガヒが寝ている時の胸板はやわらかく弾み、冷たくて汚い地下道よりずっと寝心地が良くて、毛皮は雲の上みたいだった。

夜、客をとっている間は、客から見えない位置にアガヒが控えていた。

ずっとアガヒに見られていると、ちょっと恥ずかしいと意識し始めたのはこの頃だ。

それまでは、ゴミ溜《た》めのゴミと同じ扱いだったから、人格のある存在としてアガヒを認識していなかったけど、自分を見守ってくれている存在だと認識してしまったら、ちょっと気恥ずかしかった。

だからやっぱり毛布をかけた。

「毛布、寒いからかけてくれたんじゃなかったのか……」

それから何年も経って、アガヒがあの時のウラナケの心境を知って、苦笑していた。

「ちがう、邪魔だから」

「邪魔してなかっただろ……」

それどころか、なにもしてなかった。

「うん、最後らへんは、なんかさ……存在っていうか、視線がうるさかった」

「………」

「ずっとこっち見てくるから、ドキドキしてやだった」

でも、それも慣れた。

毎日同じことの繰り返しだし、一人目と二人目の客の間、二人目と三人目の客の間、ウラナケが疲れて尻の掃除ができない時は、アガヒがやってくれた。

お蔭《かげ》で、客の途切れた合間の時間は、休憩できるようになった。

そうするうちに、前の客の汚れを掃除するのはアガヒの役目になって、ウラナケは自分でやるべきことが、ひとつ、またひとつと減っていった。

自分で自分の身を守らなくてよくなったし、客に怪我をさせられることもなくなった。アガヒが売上の計算をしてくれるから上前をハネられることもなくなったし、客との交渉もしてくれるから、損をすることもなくなって、泥棒やスリに盗られる心配もなくなった。

そもそも、アガヒが傍にいるようになってから、お金がちゃんと手元に残るようになった。そうしたら、残飯を漁る時に木箱に乗らなくても済むようになったし、普通のご飯を買えるようになった。

ウラナケがご飯を買いに行くと足もとを見られるけれど、アガヒが買いに行けば見た目で侮られることがない。だから、ワゴンのファストフードも、客の食い残しじゃなくて、ちゃんと一から作られたものが提供されるようになった。

いよいよウラナケは股を開くだけでよかった。

その日から数日は、曇り空ではあっても、雨も雪も降らなかった。

生きてていちばんなんにも考えないで、頭を空っぽにできた数日間だった。

なのに、ある日、突然、アガヒが覚醒《かくせい》した。

アガヒが世捨て人じゃなくなった。

ウラナケは、やけにしっかりした瞳のアガヒを見上げて、ぽかんと口を開けていた。

アガヒは、昨日までとぜんぜん違った。

昨日までは死人みたいだったのに、今日は生きていた。生気に溢れていた。

こんな掃き溜めにいるゴミじゃなくて、太陽みたいだった。

「ここを出るぞ」

出よう、じゃなくて、出るぞ、とアガヒは言った。

ウラナケがまだ呆《ほう》けていると、アガヒは矢継ぎ早にたくさんのことを言った。

物静かで、ほとんど動かなくて、いつもじっとウラナケの隣にいて、「じゃま」と言えば一歩後ろに下がるような男で、そんなに口数が多いとは思っていなかったから、ウラナケはまた圧倒されて、驚いて、ぽかんとしていた。

アガヒが言うには、目が醒めたらしい。

いまのアガヒは、子供が客をとっているのを毎日一晩中、目と鼻の先で傍観して、悪さをする客をこらしめる見返りに小遣いをもらって、ウラナケにメシを食わせているもらっているクズでロクデナシのヒモらしい。

楽な仕事、楽な生き方をさせてもらっていると気づいたらしい。

突然、今日、いきなり、偶然、それに気づいたらしい。

「…………」

決定打は、足の裏を怪我して歩けないウラナケを抱き上げて表通りへ運び、子供を物色する客からよく見える位置に置いた瞬間だ。

ウラナケの体の重さを、実体のあるものとして初めて認識して、その軽さに衝撃を受けたらしい。

だめだろ、俺……そう思ったらしい。

なぜ俺は、割れたビール瓶の破片が散らばる路地を裸足の子供に歩かせて、真冬にシャツ一枚でうろうろさせて、栄養の足りていない子供に食事を恵んでもらって、保護されるべき存在から金銭を搾取しているのだろう?

まだ成長途中の子供の狭くて脆い骨盤は、無理を続けたせいで歪《ゆが》んで、こんなに小さいのにもう腰を悪くして、痛いのに痛いのかどうかも分からず、「みんな、こんなんだよ」と言う子供を、なぜ、病院にも行かせず、放置していたのだろう?

ひょこひょこと歩くしかできないほど骨が歪んで、歩き方が変になるほど無理に犯されて、それでもまだ嘔吐《おうと》するまで客をとるような子。

それを、なぜ、今日までぼんやりと見ていたのだろう?

自分を取り戻したアガヒは、ひとつそう気づきを得たら、それまで止まっていた思考が一気に働き始めて、いろんなことが間違っていると気づいた。

突然のことでウラナケは話が頭に入ってこなかったけど、アガヒはそう言った。

「すまなかった……本当に、……っ、子供に養ってもらって、君から搾取して……っ」

自分自身に憤るアガヒは、一人で勝手にすごく申し訳なさそうにしていた。

「…………」

「私が愚かだった。ウラナケ、ここを出よう。いますぐにだ。君を連れていく。今日からは正しい方法で、私に君を守らせてくれ」

「ま、って……待って、……ま、待て！」

野良犬を叱《しか》るように、待て。

そんなにたくさん喋られたり、そんなにたくさん脳味噌《のうみそ》を使うようなことを言われても、考えられない。

だって、ウラナケは、ここのところずっと考えることをアガヒに任せっぱなしだったから、脳味噌が考えることを忘れているのだ。

「すまない。君が怒るのも当然だ。私は気づくのがあまりに遅かった。だから……」

「ちがう」

「違わない。……私はすぐにでも君を助けるべきだった」

「……そうじゃない」

「本当にすまなかった。君は、私に助けられるべきだったんだ」

それなのに、私が君に救われていた。

「……アガヒの言うこと、分かんない……」

いまのままでいいのに。

いまが人生でいちばん気楽なのに。

なんでいまを変えようとするの。

これ以上、なにをどうしようと思ってるの。なにを考えてるの。

いまの世の中、親でも子を捨てる時代だ。ましてやアガヒは他人だ。赤の他人がどうして俺を助けなくちゃならない。アガヒにはそんな義務も責任もない。

「アガヒはそんなことしなくていい」

「私は大人で、君は子供だ」

「そんなこと言ってたら、アガヒはこの売春通りにいる子供全員を助けなきゃならない」

「それは難しい。でも、いま、目の前にいる君くらいは助けられる」

「他人が他人を助けるなんて気持ち悪い」

「……他人だなんて言うな。もう知り合いだ」

「子供と知り合うたびに、助けるの」

「助けられる限りは……。だが、いま話の中心にいるのは、これから先に知り合うかもしれない子供ではなく、君だ。いま、私は君の話をしている。ほかの誰かの話ではない」

私は、君だけを見ている。

「…………なんでそんなこと言うの」

「助けたいからだ」

「……どうしたらいいの」

「君はどうもしなくていい」

「じゃあ、このままでいい」

「それはだめだ」

「じゃあ分かんない!!」

わかんない、かんがえられない。

ここを出たって、ウラナケは生きていけない。

ガラス片で怪我をした足で地団駄を踏み、肩で息をする。

アガヒきらい。

難しいことを言って、ウラナケをいじめる。

助けるとか、救うとか、そんなの知らない。

要らない。

そんなことをする暇があるなら、お金の管理だけ頑張って、もう一日だけ一緒にお風呂に入れる日を増やして、もっといっぱい毛皮にブラシをかけて、ウラナケと一緒に寝る時の毛皮をもうちょっとふかふかにしてくれるだけでいい。

「ウラナケ、毛皮をもっとふかふかにするには、ここにいてはできないんだ」

「……なんで」

「ここでの生活は、これ以上は良くならない」

「なんで良くならないの……わかんない、かんがえらんない」

なんで、どうして。それればっかりがぐるぐるして、じわじわ涙が滲《にじ》む。

「君は考えるな。俺が考えて、俺が決める」

「……そしたら、間違いない？」

「間違えない」

「ほんとに……？」

「本当に」

「信じていい？」

「信じていい」

「じゃあ、いつもみたいにして」

いつもみたいに、お金の計算みたいに、どれだけ食費に回すか、どれだけモーテルに泊まって贅沢《ぜいたく》できるか、どれだけのお金でどう生きていくかの計算は、アガヒがして。

アガヒが決めて。

「……アガヒが決めて」

「俺が守る」

「うん」

お金の管理や計算を任せるように、食べ物の調達を任せるように、用心棒を任せるように、身の安全と保証を任せるように、考えることも任せた。

アガヒに委ねた。

その時はそんなつもり毛頭なかったし、そんな深いところまで頭を回せていなかった。

ただ、自分で考えるよりアガヒに決定権を委ねたほうが安全だし、アガヒに任せたほうがどこも痛くならないし、アガヒと一緒にいたほうがお腹がいっぱいになるし、アガヒと一緒にいたほうがゆっくり眠れるし、アガヒといると安心できるし、アガヒが傍にいたらあったかいから、たぶん、そういうことの積み重ねで、そうなったのだと思う。

「アガヒが決めて」

そう告げた瞬間、攫われた。

アガヒが攫ってくれた。

宝物を抱えるように両腕で優しく抱きしめられて、綿菓子を包みこむように懐に抱えられて、おっきな胸と顎下のふわふわに隠されて、攫われた。

売春通りから、救い出してくれた。

珍しくよく晴れた冬の日だった。

*

二人で売春通りから姿を消したその日の夜、アガヒは即行で仕事を決めてきた。

クラブのバウンサー、用心棒だ。

腰が重いと思っていた男の異様なまでの行動力に、ウラナケは「この獣人、実は行動力あるな……」と思った。

手早く外堀を埋めてくるあたりは、「やっぱりやめる、売春通りに戻る」とウラナケが言い出せない雰囲気を作るのが上手いな、とも思った。

アガヒは、就職したクラブからの支度金で小さなアパートを借りた。

売春通りの元締めは、なにも文句を言ってこなかった。

商品をひとつ攫ったのだ。普通なら追っ手がかかるし、制裁だって加えられるはずだ。

それがなんの音沙汰もなく、安穏とした二人暮らしが始まった。

きっと、アガヒが裏で手を回したからだろう。

ウラナケは家というものに住むのが初めてで、そんなことに気づく余裕さえなかった。

初めての棲《す》み処《か》は所在なくて、ウラナケはいつもアガヒの尻尾を握っていた。

狭いアパート暮らしが初めてのアガヒは、窮屈そうに身を屈《かが》めて生活していた。

アガヒはあちこちに頭や肩をぶつけて、しょっちゅう青痣《あおあざ》を作っていた。

家具も食器もカーテンもなんにもない、シャワーとトイレが一緒になった1Kアパートから二人で始めた。

昼間、アガヒは、ウラナケに、ご飯を食べること、お風呂に入ること、歯を磨くこと、下着を身につけること、服を着ること、外へ出る時は靴を履くこと、体でお金を稼がないこと、夜は寝る時間にすること、そういった日常の常識を教えた。

夜、アガヒが出勤すると、ウラナケは、アガヒをブラッシングした時の抜け毛を集めて作ったちっちゃいアガヒをだっこして寝た。

しょっちゅうおねしょした。

布団がひとつきりだったから一緒に寝ていたけれど、アガヒは一度も怒らなかった。

ウラナケが熱を出して薬代がかかっても、お金を稼いでこなくても、一日中ぼんやり空を見上げているだけでも、とろくさくてなんにもできなくても、スニーカーの紐を結べなくても、腰が痛い、足が痛い、背中が痛いと夜中に泣いても、一度も怒らなかった。

ウラナケがひと通り生活できるようになると、教会の学校へ通えるようにアガヒが話をつけてきた。

それはスラムにある教会で、誰にでも門戸を開いている善意の場所だった。

ウラナケは、「自分も働く」と言ったけれど、だめだと言われた。

文字の読み書きもできず、両手と両足を使ってもお金の計算を間違え、獣人とは異なる自分自身の生態系も知らない。それでは大きくなった時にウラナケが困ると説得されて、青空教室へ通うことになった。

でも結局、大人の男の人がこわくて、すこしずつ通わなくなって、家にいた。

「……アガヒみたい」

ぬくぬく、ぽかぽか。窓辺の床に寝そべって、毎日、ひなたぼっこしていた。

近頃は、冬とは思えないほどあったかい日が続く。

アガヒが買ってくれたコートにマフラー、手袋も、最近はお休みの日が増えた。

その頃、ウラナケは、おばあちゃん山羊の先生が開いている私塾へ通い始めた。

二人ともがその生活のペースを摑み始めると、ウラナケは私塾へ通いながら、また仕事を始めた。

売春通りに出戻りじゃなくて、まっとうな仕事だ。

私塾は十五時頃に終わるので、そこからアガヒが働くクラブへ向かい、夜の仕込みや、前夜の片づけをする小間使いとして雇ってもらって、二時間ばかし働いた。

お小遣いくらいは稼げるし、アガヒに新しいシャツを買ってあげたいと思ったし、クラブで働くみんなが優しいし、シャンソンを歌う雀《すずめ》のおねえさんは差し入れのお菓子を分けてくれるし、狼《おおかみ》のバーテンダーはジュースをくれたから、働くのは楽しかった。

ウラナケは、十七時過ぎには家に帰った。

アガヒが二十時頃に出勤するので、夕方の三時間で、二人でお風呂に入って、夕飯を食べて、一日の報告をして、気乗りしない宿題もさせられて、ウラナケは、二十時前に出勤するアガヒをお見送りした。

夜は長い。アガヒがいないと、すごく長い。

アガヒと一緒の三時間はあっという間なのに、それ以外の時間は長い。

アガヒと出会う前は、どうやって一人で過ごして、どんな気持ちで一人で眠って、どんな心境で毎日を過ごしていたのか分からないくらい、長かった。

「今日の宿題は？」

スーツのネクタイを締めながら、アガヒが尋ねてくる。

「終わったー」

ウラナケはテレビから目を逸らさずに答えた。

「終わってないじゃないか」

食卓代わりのローテーブルに放り出したままのノートを開き、ぐしゃりとウラナケの髪を掻き混ぜる。

「勉強きらーい」

「テレビは後だ。一問だけでもいいから頑張ってみろ」

この頃には、アガヒは、ウラナケの前では、自分のことを私と言わずに、俺と言うようになっていた。

これまでは、実家から与えられていた高等教育や、軍隊での仕込みがそうさせていたのだろう。一人称が私のアガヒも紳士的で好きだけど、俺と言うアガヒも男らしくてウラナケは好きだった。

「いってらっしゃぁい……」

靴を履くアガヒの背後に立ち、ぎりぎりまでアガヒの尻尾を握って玄関先で見送る。

「いってきます。帰りはいつも通りだが、なにかあれば電話してこい」

「はぁい」

アガヒが玄関を出て、外から二重扉を閉め、鍵《かぎ》をかける。

ウラナケは玄関と反対にある奥の部屋まで走って、窓を開けて身を乗り出し、アパートの表通りに出てきたアガヒに手を振る。

「風邪をひく。危ないからちゃんと窓を閉じて宿題をしろ」

窓を閉じて鍵をかける動作をしながら、アガヒが手を振り返してくれる。

ウラナケは手を振り返し、アガヒの背中が見えなくなるまで見送ってから、窓を閉じて鍵をかける。

ウラナケはその足で洗濯物置き場に向かった。

いまアガヒが脱いだばかりのシャツを洗濯物籠《かご》から引っ張り出して、玄関の上がり口に敷く。部屋に戻って、ベッドにあるアガヒの枕を両手で抱えて玄関へ運び、シャツの上に乗せる。また部屋に戻って、ちらりと横目で白紙のノートを見やりつつ、アガヒの部屋着のカーディガンを引きずって玄関に持ってくる。

アガヒのシャツの上に寝そべり、アガヒの枕を抱きしめ、アガヒの抜け毛で作ったぬいぐるみを鼻の近くに置いてぎゅっとして、アガヒのカーディガンを頭からかぶる。

朝の六時か七時頃にアガヒが帰ってくるまで、こうしている。

アガヒはちゃんとベッドで寝ろと言うけれど、アガヒのいないベッドはいやだ。

それに、朝、アガヒが帰ってきた時に、ウラナケをだっこしてベッドまで運んでくれるのが、なんだかふわふわふわ心地良い。

朝陽が差しこむベッドへ二人一緒に潜りこみ、ウラナケの私塾が始まる前にはアガヒが起きて、寝惚けたウラナケはアガヒの作ってくれた朝ご飯を食べて、真っ白のノートを鞄《かばん》へ入れて私塾へ行く。

「いってらっしゃい」

「いってきます」

アガヒのキスを左の口端に受けて、アガヒに教えてもらった挨拶を交わして、アガヒに見送ってもらう。なんだか夢みたいにふわふわした毎日だった。

＊

アガヒと暮らし始めていくらか経った、ある年の冬。

もうこのまま雪も降らずに冬が終わるだろう。そう思っていた矢先の、大雪が降り積もり、ひどく凍《い》てつく夜、アガヒの働くクラブがマフィアの抗争に巻き込まれた。

巻き添えになる形で、アガヒも命を狙われた。

アガヒが家に帰ってこない日が何日も続いて、そのうち、連絡も途切れた。

私塾に来なくなったウラナケを心配して、おばあちゃん先生が様子を見に来てくれた。

保護者のいなくなったウラナケを自宅へ連れ帰ってくれたけど、ウラナケは何度も脱走してアパートへ戻った。

アガヒの行きそうな場所はぜんぶ探した。

もう二度と足を踏み入れることはないと思っていた売春通りにも行った。

アガヒと暮らすようになってから、ウラナケは一気に背が伸びて、もう、幼児性愛者の好む見た目じゃなくなって、「お前くらいの年頃なら、もう一本向こうの通りに立て」と言われるくらい、見た目が変わった。

だから、その時のウラナケにはできることが増えていた。

アガヒがたくさんの知恵を与えてくれたから、身を護《まも》る術《すべ》を仕込んでくれたから、ウラナケはたくさんのことができるようになっていた。

たとえば、まだ中性的な面立ちに薄化粧をして、白粉《おしろい》で口端の黒子を隠し、足が長くて線の細い体に女物のドレスをまとい、アガヒと関係のありそうな男を片っ端から引っかけて情報を奪い、アガヒを狙うマフィアの男たちを次々に殺すとか……。

そういうことができるようになっていた。

最初は失敗もしたし、怪我もしたし、ガセネタを摑まされたり、なにかと苦労もしたけれど、回数を重ねれば重ねるほど、上手になった。

「トラツグミが鳴く夜には人が死ぬ」

そんな都市伝説が生まれたのはこの頃だ。

痩せた売春女。

トラツグミの声で啼《な》く女。

甲高く、か細く、紙縒《こよ》りのように細く、あやふやで、それでいて芯のある声。

この女を抱くと、それはそれは極楽のごとき心地を味わえる。

だが、この女の世話になって、生きて帰った者はいない。

男を殺して回るメス犬。

獣人の喜ばせ方を心得た人でなし。

マフィア同士の抗争よりも、トラツグミの女のネタがゴシップ紙を賑《にぎ》わすようになった頃、ウラナケのもとにアガヒが帰ってきた。

トラツグミの女が、今回の抗争の元凶を殺してくれたお蔭らしい。

「ウラナケ、トラツグミの女はお前か？」

「うん」

アガヒに問われて、ウラナケは素直に返事をした。

よく分かったなぁ、と感心した。

「お前は、興奮すると……その、発情するだろう？」

「あぁ、そっかぁ。それで分かったのか。それだけで分かるってすごいな、アガヒ」

ウラナケはちょっと変わった性癖だった。

売春通りにいた時は精通していなかったけれど、アガヒと生活するようになってから、ちゃんと精通した。

精通したら、発情するようになった。

興奮状態に陥ると、獣の発情期みたいになるのだ。

その時のウラナケの体臭が、残り香として死体の傍で香っていたらしい。

ウラナケが興奮した時のにおいはアガヒしか知らないし、アガヒにしか分からないものだったから、アガヒだけが気づいたというわけだ。

アガヒは、「なぜ人殺しなんてバカな真似したんだ」とは言わなかった。

けれども、ウラナケを褒めもしなかった。

ただ、「ありがとう、助かった」と言った。

その時にはもうウラナケは複数のマフィアから恨みを買っていて、トラツグミの女には懸賞金が賭《か》けられ、方々《ほうぼう》から命を狙われていた。

アガヒは、トラツグミの女の正体がウラナケだと発覚しそうになるたび、人を殺した。

ウラナケを守る為に、アガヒもまた退役して以来、初めて人を殺した。

お互いが、お互いの為に、人を殺してしまった。

もうどうしようもない。そんな状態だった。

ついには、「トラツグミの女にアガヒを殺せと依頼したい」、「アガヒならトラツグミの女を殺せるだろうから、殺しの依頼をしたい」と注文が入るようになり、どちらがどちらを殺すか、スラムやあちこちのコミュニティで賭けの対象になるほど有名になっていた。

「アンタらが、かの有名な二人組の殺し屋か……」

その頃、二人を訪ねてくる者があった。

老爺《ろうや》が一人、ウラナケとアガヒの噂《うわさ》を聞きつけ、人殺しを依頼しにきたのだ。

依頼内容は、誘拐されて無残に殺された老人の孫の仇《かたき》を討つ。

ただそれだけ。

この老人、種族こそ人間だが、獣人マフィアにも、人外コミュニティにも、人間の組織にも顔が利く。殺しの報酬として、ウラナケとアガヒは、複雑に入り組んでしまった揉め事をすべて清算してもらった。

それが最初の殺しの依頼で、二人で初めて請け負った仕事だ。

いま、ウラナケとアガヒの過去を知る者は、その老人だけだ。

翌年の雪解けの頃には、面倒な噂はすべて立ち消えていて、ウラナケとアガヒは殺し屋二人組として周囲に認知されていた。

いまじゃもう「ほら、あの殺し屋夫婦」と言えば、その筋の者ならだいたい分かる。

二人の孤独がぴったり合致して、気づいたら二人でずっと一緒にいるようになって、ずるずると一緒にいるうちに、裏社会でもニコイチだと認識されるようになった。

毎日、懸命に働いて、ちょっとしたことに楽しみを見い出して、些細な幸せを謳歌《おうか》し、お互いの気持ちを確認しないまま、そのうち、セックスもするようになった。

この国の成人である十六歳まで、アガヒはウラナケに手を出さなかった。

ずっと体を売ってきたからいまさらなのに、律義な男だとウラナケは思った。

しかも、精通したウラナケに自己処理の仕方を教えたのはアガヒなのに、十六歳まで手を出してこなかったから、ウラナケはアガヒのことを聖人君子か不能だと思っていた。

「アガヒ、ちんちん勃《た》たねぇの？」

そう尋ねたら、アガヒは分かりやすく顔を赤くして、可愛い顔でこう言った。

「だって、お前……その、それ……その体、どう考えても俺とは規格が違いすぎるだろ」

二十五歳二メートル三十センチと、十五歳の百六十センチじゃ、無理がある。

ウラナケが潰れる。

壊れるどころの話じゃない、潰してしまう。

「だいじょうぶ、俺、けっこうガバガバ」

「それは知ってる。お前のケツの世話をどれだけしてきたと思ってるんだ」

「それもそっか」

「違う、そういう問題ではない。俺が、お前を……」

抱き潰して殺してしまいそうで、おそろしいのだ。

毎日、必死になって抑制している獣欲が暴走してしまいそうで、最近は、ひとつのベッドで寝るのも難しくなってきたのだ。

「そもそも、あのベッドでは到底そういうことに耐えられそうにない」

「床ですればいいじゃん」

「お前なぁ、……初めての夜に床で抱けるか」

「抱くつもりはあるんだ。そっか、よかった」

「…………」

片手で顔を覆ったアガヒは、難しい顔をして俯き、それから天を仰ぐ。

なんと言おうか考えている顔だ。

「ほら、いいから、とっととちんこ出せよ」

「……せめて、床のしっかりした広い家に引っ越して、ベッドと寝具を買いそろえてからにしてくれ」

「わかった」

「明日、物件を探してくる」

「一緒に見に行く」

「そうしよう」

「うん、そうする」

アガヒに大事にされている。

すごくすごく、大事にされている。

ウラナケは、ズボンのなかで窮屈そうにしているアガヒの一物をじっと見つめながら、早く十六歳の誕生日がこないかな……と、焦《じ》れた気持ちでいた。

アガヒが決めてくれたウラナケの誕生日は、夏だ。

十五歳の春。

あと数カ月が待ちきれなくて、二人でキスして我慢した。

【4】

昨日まで晴れていたのに、今日はべちょ雪だ。

お気に入りのショートトレンチは雪や水を弾《はじ》いてくれるけど、なんとなく鬱陶《うっとう》しい。

ダイシャとシャオシャの手下に拉致《らち》された翌日、ウラナケを指名で同業者から緊急の支援要請が入り、それに出かけた。

アガヒはオフで、ユィランを護衛がてら留守番中だ。

きっといま頃、二人で、掃除、洗濯、買い出し、夕飯作り、それらをひと通り片づけて、夜更かししながらウラナケの帰りを待っているだろう。

「仕事、代わるぞ」

アガヒはそう言ってくれたが、今回はウラナケをと指定された仕事だ。

ウラナケはアガヒの申し出を断った。

「……あー……腰、いってぇ……」

寒い。痛い。ずっと同じ場所で立ちっぱなしはきつい。

鎮痛剤の注射を打ってきたからかなりマシだが、じわじわと鈍い痛みが絶え間なく存在を主張してくる。

いつもなら気にせずにいられる痛みにも、今日はなぜだか苛立《いらだ》つ。

今夜はなんとなく、自分が自分じゃないみたいな感覚だ。胸のあたりがもやもや、ぞわぞわ。浮足立って、胸糞《むなくそ》悪い。得体の知れない感情が腹の底でぐるぐるしてる。

これは本能的なもので、頭じゃ処理できない。

「早く家に帰ってアガヒの作ったご飯食べて、一緒に風呂《ふろ》に入りたい」

アガヒに会いたい。

アガヒなら、ウラナケの感情のぜんぶに名前をつけてくれるし、ウラナケの行動のひとつひとつに理由づけをしてくれて、その根拠も証明してくれるし、ウラナケ本人にも分からないウラナケのすべてを説明してくれる。

アガヒに会いたい。

でも、いまの状態を上手にアガヒに伝えられる自信がなくて、アガヒに名前をつけてもらえない。

だって、いま、たぶん、ウラナケはアガヒのことでぐるぐるしてる。

アガヒはウラナケの過去を知っているけれど、ウラナケはアガヒの過去を知らない。

正確には、ちゃんと知らない。

出会った頃は、過去というものがそんなに重要な意味のあるものだとは知らなくて、ただただ一緒に暮らせればよくて、長く暮らすようになってからは配慮という言葉を覚えて、アガヒが話してくれようとした時に、「いらない」と言ってしまい、もうすこし経つとバカなりに遠慮を覚えて、「まぁいっか……」と思っているうちに十三年が経った。

アガヒと一緒に生きていると、目の前のアガヒを堪能《たんのう》するのにめいっぱいで、アガヒの過去を知らないという事実さえ忘れていた。

いまが幸せならそれでいいと気にもかけず、深く考えずに生きてきた。

将来のことや過去のことに重要性を置いてこなかった。

それらに不安を抱くという感覚があることさえ知らなかった。

だって、自分の過去さえあやふやなのだ。

アガヒと出会う前の記憶は曖昧《あいまい》で、あまり思い出せない。

一緒に街娼《がいしょう》をしていたはずの母親の顔はおろか、名前さえ思い出せなくて、そのせいか、母親が死んだ時のことも覚えていない。

だから、自分の大切な人を失うという経験をした記憶がない。

その点で言うと、ユィランは両親を亡くしているし、アガヒも兵役の経験があるから、ユィランとアガヒには分かり合える部分があるのかもしれない。

ウラナケにはそれがない。

将来のその可能性については、想像もつかない。

アガヒがいなくなった時のことを想像できない。

想像できない自分がこわい。

真っ暗なのだ。考えようとしても、想像を巡らせても、思考が停止してしまう。

「馬鹿なんだろうなぁ……」

しみじみとそんなことを呟《つぶや》き、道の半ばで途方に暮れる。

今日の仕事は、本当は、もうとっくの昔に終わっていた。

早く帰ろう。早く帰りたい。そう思うのに、帰れなかった。

急に、自分がものすごく頼りない生き物のように思えて、自分を支えていたこれまでの自我が揺らいでしまって、どうしていいか分からなかった。

アガヒに会いたい。アガヒの声が聞きたい。

アガヒなら、ウラナケのことをぜんぶ分かってくれる。

分かってなくても分かったフリをして、うまいことウラナケを納得させてくれる。

ウラナケに必要なのは、そういう絶対的なものなのだ。

でも、もし今回に限ってウラナケに必要な回答を寄越してもらえなかったらどうしよう。

その時、自分はどうなってしまうんだろう？

そう思うと、こわい。

こわくて家に帰れなくて、なのに、こればかりはアガヒに頼れない気がして、仕事が終わってもう三時間も経つのに、意味もなくスラムをほっつき歩いている。

「…………あー……」

ぼんやり歩くうちに、売春通りに出た。

この通りを十二歳で出て以来、今日まで何度もこの道を通りがかったことがあるのに、今日に限って、二の足を踏んだ。

なんだかとても心細くて、こわくなった。

もし、明日、アガヒがいなくなったら、ウラナケはきっとすぐにどうしようもなくなって、ここに立って、死ぬまで客をとる日々に舞い戻ってしまう気がする。

ウラナケは、アガヒが死んだ後、怠《なま》けずに仕事をして、きちんとした生活を営んで、一人で生きていけるようにアガヒに仕込んでもらったけど、たぶん、アガヒがいないと、毎日ちゃんとできなくなると思う。

朝起きてご飯を作ることも、翌朝の洗濯の為《ため》に前夜に下洗いをすることも、風呂に入ることも、部屋を掃除してゴミをまとめることも、最低限の生活さえもしなくなると思う。

だって、アガヒがいない。

ウラナケは、アガヒに愛されて、甘やかしてもらうことの心地良さを知った。

そうして生きてきた生き物なのに、それがなくなったら……。

「……それでも、……たとえアガヒが死んでも、俺は生きてるんだよな……」

だってウラナケはウラナケで、アガヒはアガヒだから。

比翼連理じゃないから、片っぽが死んだくらいで、もう片っぽも死ぬわけじゃない。

アガヒがいなくなっても、ウラナケは生きている。

「……っ、ぅ、え」

えずいて、路地裏にしゃがみこむ。

眼前の建物の壁に手をつき、猫背になって俯《うつむ》く。

胃液がこみ上げるが、夕食を摂《と》っていないせいか吐くものもなく、喉《のど》の奥から呻《うめ》き声を絞り出し、唾液《だえき》ばかり吐く。

その体勢が、幼い頃に客をとっていたのと同じ体勢だと気づいて、また、吐く。

「……んだ、てめぇは？　誰《だれ》に断ってここで商売してんだ……あぁ？」

通りがかりの男が、路地裏に入ってきた。

俯くウラナケの髪を鷲摑《わしづか》み、顔を上げさせる。

十三年前、ウラナケから売上金を回収していた男だ。

いまはすこし出世して、売上金の回収係から、このあたりのまとめ役になっているようで、背後に数名の手下を連れていた。

「お前あの時のガキか？　デカくなったもんだな。昔はあんなチビだったのによ……」

ウラナケが男の顔を覚えていたように、この男もウラナケのことをすぐに思い出したらしい。

「お前、出戻りか？　昔のことが忘れられなくて舞い戻ってきたクチか？　……それとも、ケツが使いもんにならなくなって、あの獣人に売りに出されたか？」

ウラナケが抵抗しないのをいいことに、男は暇潰《ひまつぶ》しがてら絡んでくる。

いつもなら男の手を振り払えるし、二十五歳のウラナケなら、もう余裕で勝てる相手なのに、なされるがまま、項垂《うなだ》れる。

「テメェが商売するなら一本向こうの通りだ。あっちじゃ、テメェみたいなトゥインクが獣人相手にガンガン掘られてうるせぇったらねぇよ。……どうだ？　相変わらずケモ専やってんのか？　首の裏も歯形だらけで汚ねぇし、ケツもがばがばじゃねぇか」

「……っ、ぅ」

ズボンの上から、尻穴《しりあな》に指を挿《い》れられる。

獣人専用の男娼は、規格外のモノを咥《くわ》える為に過度な拡張をしたり、括約筋が壊れている奴が多いから、触っただけで分かる。

恒常的に獣人の一物に貫かれていると、見た目からして縦割れがひどく、奥まで拡《ひろ》がっていて、本来曲がっているはずの結腸がまっすぐ伸びる癖がついているし、あっという間にS字結腸を越えてしまい、ちょっとしたことで人間の拳《こぶし》くらいなら呑《の》み干す。

　ウラナケのここは、まさしくそれだ。

「足洗ったとは聞いてたが、立派なモン持った旦那《だんな》に飼われてんだなぁ。……あの馬鹿みたいに無愛想な虎《とら》はどうした？　サーカスにでも売り飛ばしたか？　それともお前が捨てられたか？　あの虎、希少種だったからなぁ……。お前じゃガキ残せないから愛想尽かされたんだろ？」

「……っ」

「あぁ、図星か」

「…………」

　両目を大きく見開き、自分の吐いたもので汚れた壁を凝視して、無抵抗のままに背中を蹴《け》られる。

「そりゃ、ガキの頃からあんなバケモノども相手にアレだけ使いまくってたら、……まぁ、無理だよなぁ。……よかったじゃねぇか、どれだけハメ倒してもボテ腹になんねぇんだからよ」

　頭上から下卑た嘲笑《ちょうしょう》を浴びせかけられる。

　その声が、ひどく遠くに聞こえた。

　アガヒにしか言葉にできないはずの不安を、こんな形で突きつけられるとは想像もしていなくて、ウラナケは息をするのも忘れて心を凍らせる。

漠然とした、形のない不安の正体。

アガヒとウラナケの掛け合わせなら、遺伝的に子供がデキてもいいはずなのに、ウラナケはいっこうに孕《はら》まなかった。

ウラナケを売春通りから連れ出した時、アガヒは、ウラナケをまず医者のところへ連れていってくれた。

だから、アガヒは十三年前の時点で分かっていたはずだ。

いまのウラナケならそういうことも理解できる年齢だけれども、当時、医者からの診断結果を聞いたのはアガヒだけ。

ウラナケは、一度もアガヒにその結果を確認したことがない。

確認したことはないけれど、これだけ一緒にいて、十三年も傍《そば》にいて、もう何年もそういう行為をしているのに、そういうことにならないっていうことは、つまり……。

そういうことだ。

ウラナケは、子宮が使いものにならない。

妊娠できない。

それについてアガヒから指摘されたことはないし、ウラナケから話をしたこともない。

だから、たぶんきっとアガヒはそういうことも納得ずくでウラナケと一緒にいる。

でも、ウラナケは、ちがう。

ウラナケは、アガヒがなにも言わないのをいいことに胡坐《あぐら》をかいて、一緒にいる。

アガヒとウラナケの間には、なんの約束事もない。

結婚も、戸籍も、指輪も、名字も、子供も、将来の約束も、なにもない。

なにも、約束できない。

ウラナケは、アガヒにうしろめたい。

「……ウラナケ、おい、ウラナケ！」

「ウラナケ！　しっかりして！」

「………」

肩を揺さぶられ、ウラナケはゆっくりと瞼《まぶた》を閉じて、開く。

アガヒとユィランがいた。チェスターコートの懐にユィランを入れたアガヒが、心配そうにウラナケを見つめている。

アガヒの肩の向こうでは、あの男と手下どもが地面に伏していた。

「……アガヒ」

なんでアガヒがいるの？

「帰りが遅いから、探しにきた」

「………なんで」

帰りが遅いのなんて、いつものことなのに、なんで今日に限って……。

「なんとなく様子がおかしかった」

「……ウラナケ、いつからこうしてたの？　顔が真っ白だよ……もう、強いのになんで蹴られっぱなしなの……っ」

ユィランが心配することじゃないのに、心配してくれる。

言葉では憤っているが、アガヒの懐から腕を伸ばし、ウラナケの背中の汚れをそぅっと撫《な》でるように落としてくれる。

「やっぱり仕事を代われればよかったな、すまん」

アガヒが謝ることじゃないのに、謝る。

「……だいじょうぶ」

明日アガヒが死んでも俺が生きてるように、今日、俺が死んでもアガヒは生きてる。

だから、そんなに心配して、必死にならなくていい。そう言ってあげたいのに言えず、言葉もなくアガヒに縋《すが》るウラナケを、なにも言わずに抱きしめてくれる。

二人の胸に挟まれユィランが、きゅぅ……と悲しげに鳴いた。

＊

「早いな」

「おはよ、アガヒ」

台所に立ったウラナケが朝食の支度をしていると、アガヒがのそりと顔を出した。

くぁ……と牙《きば》を剝《む》いて大きな欠伸《あくび》をしている。

「今日は俺の当番だろ」

「いいよ。早起きしたから作ってるだけだから。……ユィランは？」

「まだ寝ている」

アガヒは、アイランドキッチンで包丁を使うウラナケの頰《ほお》に唇を寄せる。

「…………」

いつもなら、アガヒのそれを受けても包丁を止めたりしないのに、今日のウラナケは、
ぴたりと手を止めて固まってしまった。

「どうした？」

「なんでもない」

「そうか？」

そうでもないだろう。

なにか思うところがあるはずだ。

アガヒはなんとなくそう感じたものの、追及はしなかった。

包丁を使うウラナケを問い詰めて、手もとが狂いでもしたら一大事だ。

時々、ウラナケには気分の浮き沈みがあって、注意力散漫になることがあるから、そういう時は注意深く見守る必要がある。

「背中と腰は？　痛むようなら病院へ行くぞ。車を回してくる」

「だいじょうぶ。蹴られただけだし……」

「分かった。だが、必要そうなら連れていくからな」

アガヒは冷蔵庫から水のペットボトル取り出し、横目でウラナケを見やる。

昨夜《ゆうべ》遅く、ウラナケは、三人で眠るベッドを出ていった。

真っ暗のリビングでテレビを点《つ》け、テレビのリモコンを握りしめ、いつものブランケットを頭からかぶって三角座り。小さい頃は、そこにさらにアガヒの抜け毛で作った毛玉のぬいぐるみをだっこしていた。

いまは大人だからそれは卒業したが、代わりに、アガヒの定位置になっているソファのクッションを抱きしめていた。

そして、そのまま朝まで起きていた。

いつもなら、アガヒも一緒に起きて、ウラナケの背を抱いて、共に夜を明かすのだが、昨夜はウラナケに拒絶された。

そもそも二人がいいなら、ウラナケは遠慮なく寝ているアガヒを起こす。

昨夜はそれをせず、一人でいることを選んだ。

どことなしに、目の下の隈《くま》が濃い。

日系の血が混じっているウラナケは、そんな時でも、目もとが艶《つや》っぽい。

切れ長で、眦《まなじり》のきりりとした横顔だ。目のふちの皮膚は薄く、じわりと朱に染まり、エキゾチックで、オリエンタルだ。この美しい生き物を、シノワズリの調度品と壁紙でそろえた部屋に置いたら、芸術品のごとく映えることをアガヒは知っている。

まるで生きた宝石。アガヒの為に存在する、心臓のある宝石。たったひとつの宝物。

ウラナケは、生きているだけで、尊さというものをアガヒに教えてくれる。

そういう精神的な充足とは縁遠い場所で生まれ育ったアガヒは、ウラナケの存在そのものが眩《まぶ》しく、愛《いと》しい。

「アガヒ、じゃま」

「……すまん」

アガヒが冷蔵庫の前を譲ると、ウラナケは使い終えたエバミルクを冷蔵庫へ戻し、くるりと身を翻してガスコンロの前に立つ。

コンロ側にある広い窓から、きらきらと朝陽が差しこむ。

朝、太陽が昇ると、このキッチンは照明が必要ないくらい明るくなる。

真っ白のキッチンタイルが真珠色に乱反射して、台所の床も、ウラナケの頬も、薄墨の髪も、深い夜に似た瞳《ひとみ》も、光の加減で色が変わって、すべてがきらきらする。

このアパートを内覧した時、それに気づいて、アガヒはここを買うと決めた。

ウラナケは、「どこでもいいよ。アガヒが選んだほうが失敗ないし。俺は、風呂と玄関とベッドがデカけりゃそれでいい」と、おねだりにもならないおねだりだけを主張して、まともに内覧もせず、アガヒが選んだ物件に決めた。

そんな二人の愛の巣で、今日もウラナケがきらきらしている。

馬鹿のひとつ覚えみたいにホットケーキを山のように焼いて、調子外れの鼻歌を歌って、ホットケーキのたねをぜんぶホットケーキに変えたらフライパンを洗って、「アガヒ、コーヒーどれにする？　ハイチ？　コナ？　あ、待って、当てる。ハイチだ、うん、ハイチ」と楽しげに笑い、くるくる独楽鼠《こまねずみ》みたいに立ち働き、アイランドキッチンの定位置に置いてある手動のコーヒーミルで豆を挽《ひ》く。

ごりごり、ごりごり。一定の速度で、均一な力加減で、いちばん細かく挽く。

アガヒの大きな手や爪《つめ》だと、豆を選《よ》り分けるのに時間がかかるし、ミルを扱うのも不便だから、買ってきたコーヒー豆の選別と豆を挽くのはウラナケがすると決めている。

アガヒが決めずに、ウラナケが自主的に決めることは、いつも、ぜんぶ、アガヒの為になることばかりだ。

「……いたい」

たまにコーヒー豆の細かい破片が飛んで、ほっぺたに、ぺちっと当たる。

落ちた豆の欠片《かけら》を、アガヒがしゃがみこんでゴミ箱に捨てた。

「ありがと。……ありがとついでに、食器洗い機に入れっぱなしの……」

そこまで言いかけてウラナケは黙り、コーヒーミルをテーブルの遠くへ押しやった。

固結びしかできないスウェットの腰紐《こしひも》を解いて、下着ごと足首までずらし、右足だけを抜く。

ウラナケがシャツの裾《すそ》をたくし上げて尻だけまくると、アガヒがのそりと背後に回る。

「……ん」

ウラナケは両手を尻たぶに引っかけて左右に開き、親指で穴を弄《いじ》る。

アガヒはなにも言わずに、そこへ陰茎を押し当て、ずぶりと差しこむ。

ウラナケはすこし踵《かかと》を上げて、尻を高く保ち、胸をべちゃりとテーブルにくっつける。

ウラナケは身長が高いけれど、それでもやっぱり四十センチ以上差があるから、立ってする時は背伸びするし、アガヒと繋《つな》がると腰が持ち上がってしまう。

爪を丸めた両手が、ウラナケの腰を摑む。

そしたら、ウラナケの右の爪先《つまさき》が浮く。

左の爪先だけを床につけたまま待っていると、上から下へ突き下ろすみたいに、深いところへ、陰茎が鋭角に滑りこんでくる。

なかにローションを入れてないから、あまり滑りはよくない。

でも、使い慣れた穴は、アガヒの出す先走りとウラナケの腸液が混じって潤い、悪くない使い心地のはずだ。

拡張済みだから、括約筋もゆるめだし、結腸まですぐ開く。

ただ、この体勢だと結腸には入れにくくて、アガヒの陰茎はぜんぶ腹に収まらない。

「ん、っ……ぅ……ぁ、ぅ……っン、んぅ……ぅ」

立ったまま後ろから犯されると、胸も腹も圧迫されて、喘《あえ》ぎ声が詰まる。

尻の肉がぺちゃんこに潰れるほどの激しい打ちつけに、腰骨がアイランドキッチンの角にごりごり当たる。

ここのところ、ずっとユィランがいるから相手をしてあげられなかった。

性欲旺盛《おうせい》なアガヒにしてみれば、長い禁欲生活だったに違いない。

でも、今日の発情スイッチはどこで入ったんだ?

アガヒの興奮するポイントは、いつもちょっとマニアックだ。

ぼんやりそんなことを思いながら、テーブルの端に置いてあるダスターや、目線と同じ場所に散ったコーヒー豆の粉、真っ白のキッチンタイル、太陽光の差しこむキラキラ、そんなものを見つめる。

見つめる視界が、アガヒがゆさゆさするたびに揺れる。

両手の行き場がなくて、縋るものもなくて、とっかかりのない大理石を掻《か》く。

その手に、アガヒの大きな手が重なる。

背中にのしっと覆いかぶさってきて、うなじを噛《か》まれる。

「ぁ……っ、ぅ」

ぶるりと震えて、ウラナケは床に射精する。

勃起《ぼっき》も甘くて、勢いがなくて、よだれを垂らすみたいにだらしない射精だ。

長年の条件付けのせいで、うなじを噛まれたらイくようになった。

アガヒは猫科だから、交尾の最中にうなじを噛み、メスに排卵させようとする。

ウラナケの胎《はら》にあるそれは、もう卵を作れないのに、それでも噛む。

本能なんだと思う。

メスを孕ませたい本能。

だから、ウラナケのうなじはけっこうズタボロだ。

たくさん牙の痕《あと》と、大きな口でがぷっとされた噛み痕。

瘡蓋《かさぶた》が治る前に、またその傷の上から噛まれるから、膚《はだ》はケロイドになって、牙の形に肉が抉《えぐ》れて、猫の爪痕《つめあと》みたいに、いつまでもずっと痕が残る。

でも、その傷の数だけ、重なった傷の深さの分だけ、アガヒに愛された証拠になる。

ほかのオスが見れば、ひと目でつがい持ちのメスだと分かる。

アガヒの所有物だと分かる。

もしかしたら、アガヒは妬《や》いているのかもしれない。

売春通りでほかのオスに触らせたから、怒っているのかもしれない。

うん、ちょっと怒ってる。

たぶん、抵抗できる相手に抵抗しなかったことを怒ってる。

けど、それを責めずに、もっと早く助けに行かなかった自分に怒ってる。

よそのオスのにおいをつけさせるような隙《すき》を自分のメスに作らせてしまったことや、アガヒ自身の縄張り意識の低さと怠慢に憤っている。

自分のメスが傷つくような場所に、自分のメスを放し飼いにしてしまったことを悔いている。

アガヒはこう見えて縄張り意識が強いし、独占欲も強いから、ウラナケという縄張りが荒らされることを嫌うのだ。

いっそウラナケの首に縄でもつけて、監禁したいと願うくらいに……。

「……っ、ぁ……う、っ……んぁ、は……ぅ」

腹の内側を掻く陰茎棘《いんけいきょく》がちくちくと痛い。

痛いのにむず痒《がゆ》くて、ぞわぞわとした快楽が下から上へと駆け上がる。

ウラナケのなかに収まった棘《とげ》のあるオスの性器は膨張を続け、うなじと同じくらい掻き乱された肉は、ぐずぐずにとろける。

アガヒがウラナケの太腿《ふともも》を鷲掴む。

キッチンテーブルに右足の太腿だけを乗せられる。

大きく開いた股《また》の間にアガヒの下半身が割りこんできて、より深く押し入ってくる。

「ん……、っひ……」

喉が仰《の》け反《ぞ》る。

奥、入ってきた。

アガヒだけに許してる、いちばん深いところ。

昔は、誰にでも気軽に入れさせていたところ。

もう十年近く、アガヒしか知らない場所。

アガヒしか使ってない場所。

アガヒの形に馴染《なじ》んでいて、アガヒが挿れてくる時の癖や肉の熱さ、太さや固さを覚えていて、アガヒが入ってくると分かっている時にだけ簡単に開いて、受け入れて、気持ち良くなって、喜んじゃって……。

「ぁー……っ、ぅァ、んぁ、あっ……んぁ、あっ、ンん」

甘い声が上がる。

とろけて、間延びして、テーブルにくっついたほっぺたがよだれで濡《ぬ》れて、自分の出したザーメンで床もぬめる。

唯一、爪先のくっついていた左足が、そのぬめりで滑って、かくんと体勢が崩れる。

でも、崩れる前にアガヒが体を支えてくれる。

腹に回ったアガヒの腕がウラナケを持ち上げ、ウラナケの左足も浮かせてしまうと、もうぜんぶアガヒが支えている状態で、ウラナケはただ突っ込まれて、揺れるだけ。

「ぉ、ぁ……ぁー……ぅ、……ぅ、あ……」

頭は真っ白で、気持ちいい感覚だけに支配される。

支配されるその気持ち良さを、自分の頭や体で拾い上げる必要はない。

それは、アガヒが与えてくれる。

ウラナケは、ただの喘ぐ肉だ。ウラナケの声がとろければとろけるほど、アガヒはそれに触発されて、一層激しく掘ってくる。

ぐずぐずの肉は条件反射でうねり、下腹はびくつき、ぎゅうぎゅうオスを締め上げる。

そんないやらしい肉を、これでもかと割り開かれる。

陰茎骨が前立腺を潰して、雁首《かりくび》が結腸口を貫いて奥に嵌《は》まって、その向こうにまでずずると太いのを詰めこんで、深く繋がって、ゆっくり、ゆっくり、優しく陰茎棘で掻くように抜かれて、でも、奥に雁首は引っかけたままで……。

「ぁー……っぉ、ぁ……っ」

前も後ろも、上も下も、ぜんぶ濡れて、ぐちゃぐちゃ。

どこからどれが出ているのか分からない。

頭の近くで獣の荒い息遣いが聞こえて、熱い吐息がうなじにかかる。

あ、また噛まれる。そう思った時にはもう噛まれていて、ウラナケは、ぴゅくっ、とペニスから透明の滴を飛ばす。

飛ばしたような気になっているだけで、男としての機能は満足に働いていない。

陰嚢《いんのう》がぎゅうと切ないのに終わりがなくて、きもちいい。

女の子みたいにとろとろになる。

ウラナケが喜びを隠さずにいると、アガヒは、より激しく求めてくれる。

うれしい。

存在意義が満たされる。

アガヒが発情している間は、アガヒに求められている間は、アガヒと繋がっている間は、安心できる。

こうしていると、どんな時よりもいちばん心が落ち着く。

でもまぁ、そんなことはぜんぶ終わったあとに感じる充足感であって、いまのウラナケはなんにも考えていない。

ただセックスしてるだけ。

アガヒの為の肉になるだけ。

アガヒはがつがつやりすぎて、キッチン下の収納扉に自分の膝《ひざ》をぶつけている。

そんな必死のアガヒが、かわいい。

「……ウラナケ」

「ん、いいよ」

亀頭球ハメて、いっぱい種付けしていいよ。

後ろ手でアガヒの頬に触れて、掌《てのひら》で優しく撫でて、長い髭《ひげ》ごと毛皮を摑み、自分のほうへ引き寄せる。

あったかくて、ふわふわで、毛皮の奥がちょっと汗ばんでいて、熱い。

もうさっきからずっと出してるのに、まだウラナケを欲しがる。

かわいい。

＊

剝き出しの背中が、蹴られた靴の形にうっすらと鬱血《うっけつ》している。

しっかりと筋肉の乗ったその背に汗が滲《にじ》み、いやらしく撓《しな》る。

海老反りになったかと思えば、茹《ゆ》で上がった海老みたいに丸まり、気持ち良さを受け入れて震え、緊張して、弛緩《しかん》と同時に陰茎から潮を吹き、床を濡らす。

背中や腰に痛みが走ると、その瞬間だけ我に返り、顔を歪《ゆが》めて呻くから、アガヒはそれ以上の快楽で支配して、ウラナケの体に負担がないよう押さえこみ、犯す。

気持ちいいのに、気持ち良さに身を任せきれないのは地獄だろう。

ウラナケはアガヒの下でもがいて、めそめそ泣いて、「放して、あがひ……きもちいい、放して……だめ、きもちいい」と譫言《うわごと》を漏らして背骨を波打たせ、小さく震える。

快感から逃げることを許さず、すべて受け入れることを強制する。

今朝《けさ》、アガヒが最初に見たウラナケは悲壮な顔をしていた。

おはようとアガヒにかける声だけが、いつも通りだった。

目もとには疲労が滲み、ひと晩中起きていたのが丸分かりだった。

だからこそ、落ちこみ気味のウラナケを満たす形で、アガヒが抱く。

不安定なウラナケの心を補う為に。

そう言えば聞こえは良いが、実際のところ、そんなきれいごとではない。

心が弱っていて、睡眠も足りていなくて、自分の頭で自分の感情を処理できずに不安定になっている、つがいのメスに欲情しただけだ。

よそのオスに嬲《なぶ》られて、よそのオスのにおいをつけられるほど近づくことを許し、自分の身を守れない状況まで精神的に追い詰められているメスを、自分の腕のなかに囲っておきたいだけだ。

アガヒは、不安なメスの心を埋めてやって、もっと自分を頼らせる為だけに抱く。

つがいのオスはアガヒだけなのだと、ウラナケの本能に植えつけ、教えこむ。

アガヒは、自分の縄張りを強固にしたい。

アガヒの縄張りは、ウラナケ込みで形成されている。

ウラナケもアガヒの一部だ。

アガヒにとって、ウラナケはかけがえのないもの。

アガヒばかりがウラナケにキスをして、愛していると囁《ささや》いて、抱きしめて、愛を尽くす。

ユィランはそう指摘したけれど、まさしくその通りだ。

アガヒは常にウラナケを求めている。

ウラナケとアガヒの関係は、相互扶助でもなんでもない。

アガヒが、ただひたすら一方的にウラナケを欲しいのだ。

アガヒだけがウラナケを助けて、ウラナケの心の機微を察して、ウラナケと一緒に悩んで、ウラナケに解決方法を提示して、ウラナケに寄り添って、ウラナケを支えて、アガヒだけがウラナケを愛す。

これは、そういう愛だ。

何人《なんぴと》にもその権利は渡さない。

許さない。

ウラナケは、自分ばかりが救われていると感じているけれど、そうではない。

最初に救ってくれたのはウラナケのほうだ。

アガヒは、ウラナケと出会うまで、つまらない人生しか歩んでこなかった。

生きるも死ぬるも適当で、刹那的《せつなてき》で、自暴自棄の成り行き任せで、なのに、器用貧乏なのか、何をしても他者よりも飛び抜けて優秀で、けれども所詮《しょせん》はその程度で、国家の研究プログラムに参画しても、兵役に就いて作戦本部に配属されても、スラムの売春通りで浮浪者をしていても、ぜんぶ他人事《ひとごと》のようでつまらない灰色だった。

ウラナケと出会って、初めて、生きる意味を見つけた。

自分に存在意義を与えてくれた。

自分だけの宝物になってくれた。

その宝物の為にできることなら、なにもかもが喜びになった。

自分という生き物は、ウラナケの為に役に立てることがあって、ウラナケを守ることができて、ウラナケの為になら戦えるのだと知った。

たった一人の生き物の為に生きたいと望む自分がいることに、初めて気づけた。

ただただ、二人で一緒に暮らす日々が愛しかった。

十三年前からずっとウラナケは、こんなダメな大人を見捨てないで一緒にいてくれて、毎日、玄関で帰りを待っていていてくれた。

落ちこむことがあっても「だっせぇ」と笑い飛ばしてくれて、アガヒの為に誰かを殺してくれた。

当たり前のように、息をするように、ずっとアガヒの傍にいることが当然だと思ってくれて、アガヒに寄り添ってくれた。

だから、いまのアガヒがある。

ウラナケがいなかったら、きっと、あの路地裏でこの世に別れを告げている。

「賢すぎると、いろんなもん見えすぎて頭でっかちになって、死んだほうが早いって思っちゃうんじゃねぇの？　大変だなぁ、アガヒ」

ウラナケは、あっけらかんと笑い飛ばしてくれた。

アガヒには、それが必要だった。

ほかの誰かからそうされるのではなく、ウラナケにそうしてもらわないと、生きていけないと知った。

だからこれは、けっしてアガヒから愛を差し出すばかりの関係性ではない。

アガヒは自分のことをロクデナシだと自覚しているし、ウラナケを失うとまた元の自分に戻ってしまう確信があるし、ウラナケがいるからこそ、いまこうして存在していられる。

ウラナケと共に生きることで、規則正しい生活を心がけ、積極的に住環境を整え、まともな精神状態を保って、まるで普通みたいな日常を送れている。

ウラナケがいるから、埃《ほこり》が溜《た》まらないように家の掃除とメンテナンスをこまめに行い、水垢《みずあか》やカビがひどくなる前に風呂掃除を念入りにして、食事の支度や買い出しを率先して行い、洗濯物を溜めないように心がけ、日々の仕事を頑張ることができる。

人生に張り合いがあるから、生きていける。

ウラナケの為になら、どんなことでも頑張れる。

ウラナケは、アガヒの生き甲斐《がい》なのだ。

「……ウラナケ」

「いぃよ、おいで」

素面《しらふ》の時には聞けない、甘い声。

アガヒのすべてを許す声で、受け入れてくれる。

「ウラナケ……っ」

「……っは、ぁ……っ、あ……」

持ち上げたウラナケの足の、裏腿が引き攣《つ》る。

臀部《でんぶ》の肉がきゅうと固くなって、腰と尻の狭間《はざま》の窪《くぼ》みがうねり、奥が締まる。

「きも、ひ……ぃぃ……っ、おく、ぃっぱい……」

ウラナケは譫言を漏らし、アガヒの腕を掻く。

アガヒの腕の筋肉は固く、爪は弾かれ、毛油で滑る。

震えるウラナケの指が、縋るものを求めて意味もなく戦慄《わなな》き、健気《けなげ》にアガヒを探す。

アガヒは、その手に手を重ねて、固く繋ぎ、奥を抉る。

「んぅ、っ……ぁ……っ……」

なかでイく。

結腸の奥に嵌めたまま肉を捏ね回すと、ウラナケはいくらでも気持ち良さを拾う。

縦に割れて、括約筋の変形した穴は、アガヒの動きに合わせて柔軟に伸びる。

陰茎を押しこめば凹み、揺すればふわりと弾み、抜く時はねたりまとわりつき、アガヒの陰茎にいつまでも食らいついて、くっついて、食い締めて放さないまま、直腸が体外に露出する。

「……あがひ、叩《たた》いて」

「座れなくなっても知らんぞ」

尻を叩くように、強く腰を打ちつける。

股周りに短い毛があるから、ばちん！　と派手な音こそ立たないが、肉と肉のぶつかる音がして、ウラナケの尻が潰れる。

潰れるほど突くと、腹の内側にまで響くらしい。

ウラナケはそれがお気に入りだ。

内臓全体が揺さぶられて、はらわたぜんぶが性器になったように痺《しび》れて、感じるらしい。

アガヒは、ウラナケの尻が赤くなるまで続けた。

重い陰嚢が揺れて、ウラナケの裏腿に当たる。

アガヒが腰を振れば振るほど、ウラナケは喜ぶ。

こうして、性欲処理の道具みたいに扱われたり、自分という生き物がアガヒの獣欲処理の為だけに使われる肉だと実感すると、ウラナケは、すごく、すごく、興奮するのだそうだ。

アガヒの性欲の為だけに使われるのが、なによりも心地良いそうだ。

「……っう、あ、ぁう、ぅン、ぅ……ぉ、ぉ……、ぁう」

ウラナケが発情している。

体臭が、汗が、甘やかに、濃く薫る。

暖房のよく効いた室内に朝陽まで差しこむものだから、キッチンはすこし蒸す。

「あまい……」

うなじにきらきらと浮く汗を、アガヒがべろりと舐《な》める。

「……っは、ぁ」

ぶるっ、とウラナケが震えて、またイく。

なかの肉もやわらかく痙攣《けいれん》して、びくびく、びくびく、絶え間なく震える。

震えている間はウラナケがイっている。

傷だらけのうなじにアガヒの唾液が染みるのか、それとも、舌の上に無数に生える小さな棘に感じるのか、勃起もしない可愛《かわい》いオスの性器から、ぽたぽたと透明の滴を漏らす。

アガヒは、自分の体の下にメスを覆い隠して抱えこみ、種を付ける。

種を付けながら、また動く。

虎の獣人の交尾は、回数が勝負だ。何度も、何度も、射精する。

動物の虎と違って、獣人の虎は一回あたりの所要時間が短くない。普通の人間よりも長い行為を、動物の虎と同じ回数くらい繰り返す。理性の箍《たが》が外れれば、相手を抱き殺す。

自分の理性に自信のない獣人は、パートナーと交尾をする時に、うなじを噛んで噛み殺さないようにマズルガードや首輪を装着し、いざという時にはパートナーが電気ショックを与えて、身を守ったりする。

アガヒもかつては理性を失う機会があって、ウラナケを怯《おび》えさせたことがある。

「は、ら……く、ぅしぃ……」

呂律《ろれつ》の回らない声で、腹が苦しいとウラナケが訴える。

度重なる射精で、ウラナケの下腹はぽっこりと膨れていた。

十年近くもこんな交尾に付き合ってくれているから、ウラナケの胎はよく伸びる。

慣れていないとぜんぶ外に流れ出てしまうが、ウラナケのここは、オスの種をたくさん溜められるように仕上がっていて、奥が拡がる。

入口はアガヒが塞《ふさ》いでいるから出ようもないのだけれど、入口からは一滴も漏れないし、ウラナケの腹は種汁をぜんぶ溜めても、腹の皮が破れることはない。

「時間をかけて拡げただけのことはあるな」

「きも、ひ、ぃい……」

たっぷりの精液で、前立腺も、精嚢《せいのう》も、膀胱《ぼうこう》も、一度にぜんぶを圧迫されながら結腸の向こう側まで貫かれて、どこもかしこもいっぱい。

ウラナケは、いっぱいに満たされると、とても幸せそうな顔をする。

「ウラナケ、あまりいろいろ考えるな」

「……う、っおぁ、ぅ……っ、ぅ、ぅう……」

「俺がぜんぶ考える」

アガヒの言葉に、ウラナケはわずかに首を縦にする。

さっきまでぶるぶると震えて、絶頂の緊張で身を固くしていたのに、アガヒが「考えるな」と言うと、全身を弛緩させ始める。

全身が、特にアガヒを包みこむ生殖器が、熟成させた肉みたいにやわらかくなる。

こうなったらもうウラナケは物言わぬ肉人形だ。

気持ち良さだけを甘受する、アガヒのかわいい人形に成り下がる。

うーうー唸《うな》るだけの、生きた肉。

こうなると会話も成立しない。本能でアガヒの言葉に聞き従うだけの生き物になる。

でも、なにも考えなくていいから、ウラナケはこうなることを望む。

交わすべき言葉を交わさずとも、こうして情を交わしたなら、いつも、それでなんとなく蟠《わだかま》りがほどける。

ぜんぶ終わったあとに、「あー！　すっきりした！」とウラナケが笑う。

だから、それでいい。

なにも考えずに頭を真っ白にして、ただ、アガヒに愛されていればいい。

「あがひぃ……うらなけぇ……」

ユィランが起きてきた。

眠たい目を擦《こす》り、アガヒのカーディガンを羽織って床を引きずり、たれんと垂れた耳で物音のするほうを探して、とぼとぼキッチンに入ってくる。

ちっちゃな鼻をくんくんして、「お花の蜜《みつ》みたいな、あまいにおいする……」とイッパシのオスらしさを発揮して、ウラナケの発情したにおいを嗅《か》ぎ分ける。

「すまん、取りこみ中だ」

ほかのオス……ユィランからウラナケを隠すように犯しながら、アガヒが詫《わ》びる。

「いいよ、気にしないで……。獣人の生態系は知ってるし、ぼくも発情期がきたらそうなるっておかあさんが言ってた……」

しかも、ユィランは兎《うさぎ》だ。もっとすごいことになる。

ユィランは大人びたことを言いながらも頬を赤らめ、長耳で自分の目を隠す。

「ぅ、ぅぅ……ンぅ……ぅー……、ぁー……ぅ、ぅぅ……」

アガヒとの交尾に夢中なウラナケは、ユィランに気づいていない。

ぅーぅー、ご機嫌の赤ん坊みたいに、ぐずりかけの赤ん坊みたいに、ひっきりなしに唸り声を上げて、気持ち良くて幸せになっている。

ふにゃふにゃの、とろとろだ。

「……アガヒ、……ウラナケ、だいじょうぶ？」

「あぁ」

「……君は」

「じゃあ、よっぽど気持ちいいんだね。そういう薬を使う人と表情がよく似てる……」

「ぼくはやってないよ。親戚《しんせき》にそういう人がいただけ……」

「そうか。……起きた時に一人でさみしかったろう？　すまない」

「……ぼくが余計なこと言っちゃったから、ウラナケを悩ませちゃったんだ。ごめんなさい。……ぼくのことより、ウラナケのこと大事にしてあげて」

「君は本当に……、人のことをよく見ているな」

「可愛げがないよね……ごめんなさい。……あのね、ご飯をもらっていい……？」

「ホットケーキがある。果物は切ったものをウラナケが冷蔵庫に入れていた。バターは三段目の右端だ。それから……そのあたり、床が滑るから気をつけてくれ」

「はぁい」

ウラナケの漏らしたものが、床で水溜まりになっている。

ユィランはその周辺を避けて、反対側の通路から冷蔵庫へ回る。

「飲み物は冷蔵庫のもので辛抱してくれ。温かいものがよければ、あとで持っていく。グラスはシンクにあるプラスチック製の物を……踏み台に乗るなら気をつけろ」

「……寝室でご飯を食べてもいい？」

「いいぞ」

「やったぁ」

ウラナケを犯すアガヒと、踏み台に乗ってレンジで朝食を温めるユィランが会話する。

「ん、ぁう……ぁ、ふ……ぁあ、あ」

ウラナケは、ホットケーキのレンチンが終わった音にも気づかず喘ぐ。

うーうー言ってばかりだったのが、アガヒが体勢をすこし変えた途端、声色を変える。

アガヒがウラナケのボテ腹を揉《も》んで、腸内に溜まっている余分な空気を動かして隙間を作り、そこへまた次の精液を流しこむからだ。

はらわたの隅から隅までアガヒで満たされて、ウラナケは幸せそうに喘ぐ。

さみしがりなトラツグミが、卑猥《ひわい》に唄《うた》う。

エキゾチックで、オリエンタルな響きだ。

発情期を知らないユィランですらオスの本能が刺激されて、背筋がぞくぞくする。

なんてきもちよさそうに喘ぐ人なんだろう……とユィランは思った。

＊

この家は、寝室にテレビを置かない主義らしい。

ユィランは寝室でホットケーキを食べ、携帯電話のネットラジオに耳を傾ける。

そのラジオの音声にも負けないくらいの、大きくて愛らしい鳴き声が聞こえなくなったのは、ほんの数分前だ。

ユィランは、それをすこし物足りなく感じながら、温かい紅茶を飲みたいと思う。

広い寝室の真ん中には、タテ三メートルを超すベッドがどんと幅を利かせている。

これは、アガヒの体のサイズに合わせて買ったものだろう。

ベッドマットの位置も高いし、ヨコにも広い。

どちらの趣味かは分からないけれど、寝室は、昔のアラビアの物語に描かれているようなインテリアで飾られていた。

金の房飾りのついた寝具、金刺繍《きんししゅう》のクッション、ゆらゆらと揺らめくハーレムランプが天井から吊《つ》るしてあって、薄絹の天幕が幾重にもドレープを作る。

夜にここを訪れたなら、まるで千夜一夜の世界だ。

そして、朝になると、ここはさながら異国情緒溢《あふ》れる映画の一場面に変わる。

爽《さわ》やかな朝陽が差しこむと、がらりと印象が変わるのだ。

壁面はモザイクタイルや彫刻が施され、それらが装飾としての役割を担っているから、それ以外の余計なものはなにも置いていない。

ベッドに仰臥《ぎょうが》し、たくさんのクッションに埋《うず》もれて片肘《かたひじ》をつき、金のお盆に載せたご飯を食べていると、まるで王族にでもなった心地だ。

「ユィラン、入るぞ」

断りを入れて、アガヒが寝室へ入った。

右手に金のお盆を持っていて、金器のティーポットとティーカップが二つ載せてある。

「あったかい紅茶だ！」

鬣《たてがみ》とお髭の立派で、肉体美も見事な青虎《せいこ》が紅茶を運んでくるなんて、なんて贅沢《ぜいたく》だろう。

ユィランは、これを毎日堪能するウラナケを羨《うらや》ましく思いつつ、ベッドをぽよんと跳ねて飛び起きた。

途端に、周りを固めていたクッションが崩れてユィランが埋もれる。

「大丈夫か？」

アガヒはクッションをひとつずつ取り除き、絹と綿の海に沈むユィランを救出する。

「だいじょうぶ。ありがとう」

「寝転がってなにを見ていたんだ？」

「……お部屋がきらきらしてて、きれいだったの」

「ありがとう、俺の趣味を褒めてくれて」

「アガヒはこういうのが好き？」

「好きだな。この家のインテリアはほとんどぜんぶ俺が決めさせてもらったんだ」

「ぜんぶアガヒなんだ。すごいね。世界一周してるみたいだよ」

この家は、部屋によってまったく趣が異なる。

扉を一枚開くと、そこから世界一周の旅が始まって、世界各地の王族のお部屋にお邪魔している気分になるのだ。

「ウラナケが……」

「ウラナケが？」

「いちばん、きれいに見える」

恥ずかしそうに、楚々《そそ》とした振る舞いで紅茶を淹《い》れながら、アガヒが白状する。

アールデコとシノワズリでそろえた家具調度品と室内装飾のリビングでくつろぐウラナ

ケは、まるで東洋の宝石。

モダンで機能的なキッチンで、きらきらとした純白の朝陽を頬に受けるウラナケは、エプロンの似合う清楚《せいそ》な若妻。

アラベスクの寝室で、妖艶《ようえん》な雰囲気をまとい、天蓋《てんがい》を下ろした寝台に横たわり、アガヒの腕に抱かれて眠るウラナケは美姫《びき》そのもの。

トルコ風のバスルームでアガヒに侍《はべ》るウラナケも、泡風呂でアガヒに洗われるウラナケも、美しい肌が殊更に美しく映え、それこそハレムの貴婦人。

英国風の厳粛な書斎でアガヒに抱かれるウラナケは最高に禁欲的で、東洋系にありがちな幼さの残る横顔が、まるで学生を相手にいけないことをしている気分にさせる。

ギリシア風の真っ白のベランダで洗濯物を干している時のウラナケは、そよぐ風に髪を靡《なび》かせ、二人で地中海を旅した日々を思い起こさせる。

それがたとえ単なる廊下であっても、すれ違いざまにアガヒを見上げて微笑《ほほえ》めば、この世でいちばん可憐《かれん》で、最高に幸せな表情をする。

「……もしかして、このおうち、ぜんぶウラナケを堪能する為のおうちなの？」

「そうだ」

「だから、アガヒがぜんぶ決めたの？」

「そうだな」

「家具も、お洋服も、食器も、壁紙も、ぜんぶ？」

「服だけはウラナケが選ぶことが多いな。あいつは服を見立てるのが上手だから、俺も見立ててもらっている」

「ほっぺたすりすりしたらきもちいいあのコート？」

「そう、あのチェスターコート」

「あれ着たアガヒ、かっこよかった」

「ありがとう。ウラナケを褒めてくれて。……ちなみに、伝える相手がいなくて、ずっと誰かに言いたくて仕方なかったんだが、三階のゲストルームは清朝風で、アルコーブの寝台とオンドルがある。おすすめだ。時々、あそこでウラナケが毛繕いをしてくれるんだ」

「うわぁ……」

アガヒの愛は、なんというか、すごく、マニアックだ。

ウラナケという生きた愛の形を最高の幸せで輝かせる為に、惜しみない演出をする。

こんな偏執的な愛を差し出されて、ウラナケはよく平気でいられるものだ。

アガヒという人物はもっと何事にも機能性を重視するタイプの落ち着いた人だとユィランは思っていたけれど、どうやら思ったよりも本能に忠実らしい。

「機能性は高いぞ。なんでも広め、デカめにしろとウラナケが言ってくれたから、お蔭《かげ》さまで暮らしやすい。ウラナケの背が伸びてくれて助かった」

「ウラナケ、足が長いもんね」

さっきアガヒに抱かれている時も、足のラインがすごくきれいだった。

「背ばっかり伸びてな……。体重がちっとも増えないから、あいつが十代の頃は毎日メシと体重の心配ばかりしていた」

「ウラナケはアガヒに愛されて幸せ者だね。…………ちょっとマニアックだけど」

アガヒから紅茶のカップをもらって、あたたかいブレックファーストティーを飲む。

「……幸せならいいが……」

「幸せだと思うけどなぁ……、ねぇ、ウラナケはどこ？」

「いま眠ったところだ」

「ここで寝なくていいの？　ぼく、どくよ？　ご飯も零《こぼ》さないできれいに食べたよ」

「朝は日差しが入ってこの部屋は明るいるだろう？　明るいうちにここで寝かせるとすぐに目を醒《さ》ますんだ。いま、奥の部屋で寝かせている」

「その部屋はどんなお部屋？」

「和室だ」

こぢんまりとした離れのような、座敷牢《ざしきろう》のような、奥座敷のような、閉じられた小さな空間に囲われて、婚礼布団に横たわるウラナケは、まるで獣人に嫁いできたかぐや姫だ。

「身長百八十七センチのかぐや姫だ」

「乙姫《おとひめ》でも眠り姫でも親指姫でも構わない。最後が幸せなら」

感情で生きるタイプのウラナケは、静かに気分が落ちるタチだ。

ウラナケの根底には、本人すら気づいていない薄ら暗い不安定な部分がある。

ただ、アガヒから見れば口数が減るし、顔の表情も乏しくなるから、分かりやすい。

ウラナケは、感情のひとつひとつに名前をつけるのが苦手だ。

でも、時々は名前をつけようとする。頭を使って感情を整理しないと、自分自身のことが分からなくなるし、他者に自分の気持ちを伝えられないから、頑張る。

でも、頑張れば頑張るほど、ウラナケは混乱してしまう。

アガヒだけはウラナケの感覚面に触れるだけでなんとなく察することができる。だが、アガヒ以外には分かってもらえないことが多いから、ウラナケはアガヒだけに心を開く。

アガヒに無言の助けを求める。

それに気づいていないし、アガヒに助けられていることにも気づいていない。

もしかしたら気づいているのかもしれないが、それが当然の環境で生きてきたから、自分が困ってもアガヒに助けてもらうまでがひとつのまとまりだと思っている。

かといって、主体性がないわけでもない。

ウラナケにはちゃんと自分の意志があって、決断力もあって、責任感を持って物事に臨む強さがある。

アガヒの為になら、いくらでも、その強さや優しさを発揮してくれる。

ただ、アガヒと二人でいるとアガヒに寄りかかる。

アガヒは、そんなウラナケを支える。

それもまたウラナケへの愛だと思っている。

「俺は、……ウラナケを甘やかしていると思うか？」

「んー……かほご！」

アガヒが何事も先回りして、ウラナケが人生に躓《つまず》かないように配慮している。

大事に、大事に、しすぎている。

「ぼくのおとうさんも、ぼくのこと大事にしてくれたよ。ぼくが、楽しくお勉強できて、おいしくご飯を食べて、いっぱい眠れるように、たくさん大事にしてくれたよ」

アガヒも一緒だ。

ウラナケが頭を空っぽにしても、幸せに生きていけるようにしてるだけ。

清々《すがすが》しい気持ちで朝に目覚め、ご飯が美味《おい》しいと思えて、なんの憂いもなく仕事にやり甲斐を感じられて、お昼には当然のようにおなかが空《す》いて、おやつのコーヒーやドーナツがちょっとした楽しみで、夜には二人で台所に立って、あったかいものを食べて、一日の最後のお風呂が気持ち良くて、アガヒに抱かれて眠る。

アガヒは、それを当然のものとしてウラナケに謳歌《おうか》させたいだけ。

アガヒはただただ、ウラナケを愛しているだけ。

ウラナケがアガヒとの関係性に不安を感じたり、疑問を抱いたり、他者から、「あなたたち、ちょっと変わってるのね」と言われても、「好きに言ってろよ」とウラナケが言ってのけるだけの強さを保ち続けられるのは、アガヒの努力の賜物だ。

ウラナケがなんにも考えずに、本能の赴くまま、感情に素直に、アガヒに愛されて生きてこられたのは、アガヒがずっとウラナケを安心させてきたからだ。

アガヒが一度もウラナケを不安にさせたり、不満を抱かせたりしなかったからだ。

惜しみなく愛を尽くしてきたからだ。

「好きな子が不安を感じずに笑っていてくれるなら……、そして、それを自分の力で実現できるなら、それはとても素晴らしいことだと思わないか？」

「がんばりすぎると疲れちゃうよ……」

「なぜ？　愛する妻の為に最高の夫であり続けることは、最高の幸せだろう？」

これは、アガヒの本能だ。

最高の伴侶《はんりょ》を、一生のつがいを、自分のメスを、アガヒの愛の形を、けっして逃がさない為の努力であり、喜びだ。

自分の伴侶の幸福の為になら、アガヒはなんだってできる。

「宗教みたいだ」

「いいものだぞ、好きな子が宗教。しかもこの宗教、信者は俺一人。さらにこの宗教の神は、俺の願いと愛と欲をすべて受け入れ、聞き届け、許してくれる」

これは、アガヒだけの宗教だ。

ならば、なおさら熱心な信者になって当然だ。崇拝対象はアガヒのものなのだから。

「……そんなにウラナケを愛してどうするの？」

「我に返ったウラナケが、よそ見をするのが許せない」

だから、よそ見する暇もないくらい愛してやる。

だって、この夢のような日々から我に返ったウラナケが、アガヒを見なくなるのは許せないから。

よそ見する暇もないくらい、愛してあげる。

いつも、アガヒの愛で、ウラナケの頭と心と体がめいっぱいになっているようにする。

「アガヒの愛はおそろしい」

「お褒めに与《あずか》り光栄だ」

「アガヒの幸せは、ウラナケって形をしてるんだね」

「君の言葉は、実に的確だ」

ウラナケがいないと、アガヒの幸せはすべて失われる。

ウラナケへの執着が生半でないのは自覚しているし、普段は表に出して見せないだけだ。

ただ、隠しもしないから、ちょっとでも突き詰めれば、こうして、アガヒはそれを詳《つまび》らかにする。

アガヒの行動原理も、アガヒを構築するのも、すべてウラナケへの愛だ。

さっきの、ほんの一瞬ユィランが垣間見《かいまみ》た交尾にしても、ウラナケのうなじに幾重にも重なった噛み痕や、腰にくっきりと浮いたアガヒの手形そっくりの鬱血、臨月かと疑うほどに膨れた腹を見れば分かる。

ひとつひとつは小さな執着の片鱗《へんりん》。

それが積み重なれば、重くウラナケにのしかかる。

「アガヒのトラツグミは、それを重荷に感じないのかな？」

「鳥は飛んでいくものだろう？」

だから繋ぎ止めるのに必死なんだ。

アガヒは笑った。

「そのトラツグミ、重さで飛べなくなりそう」

アガヒはすごく執着が強い。重い。深い。

ウラナケくらい鈍感で淡白なほうが、その愛に潰されずにちょうどいいのかもしれない。

ユィランはそう思った。

【5】

情報屋モリルからの連絡を待つ間、ウラナケは、クェイ家本邸に潜入した。

ちょうど、ダイシャとシャオシャが腕の立つ者を集めているという情報があったので、それに乗じて潜りこんだ。

アガヒとも距離を置きたかったし、単独行動の言い訳ができて渡りに船だ。

せっかくクェイ家に潜入するのだから、ダイシャとシャオシャがユィランを狙《ねら》った理由や、そのとっかかりのひとつでも摑めれば上出来だ。

それにしても今日の邸内は、随分と物々しい様子だった。

クェイ家には、古くからお抱えの護衛団があるが、それ以上の人数がそろっている。

おそらく、ユィラン捜索の人手を募ってのことだろうが、ダイシャの息子ジンカが殺されたことを受けて、身辺警護の強化も図ったのだろう。

いざ潜入するにしても、アガヒは見た目からして悪目立ちするし、変装するのも難しい。

こういう時は、ウラナケがうってつけだ。

ウラナケは、ゆったりした長袍《チャンパオ》を身につけ、足首の見える長さのズボンを穿《は》き、素足にぺたんこの靴を履く。

短い髪を長い三つ編みに、ヒトの形をした耳は鳥に似た耳に、両目は白目のない闇色《やみいろ》の眼球に変え、指には猛禽類《もうきんるい》の爪を尖《とが》らせて、長袍のスリットからは二本の尻尾《しっぽ》を垂らす。

「お前、一昨日《おととい》入った新入りだな？」

「はい、イエと申します」

クェイ家の護衛頭に声をかけられたウラナケは、偽名を名乗り、頭を垂れた。

使用人の勝手口付近で、ほかの護衛たちと雑談していた時だ。

「えらくいろんな血が混じっているな。獣人と人外の混血か？」

「いいえ、人外の交雑種にございます」

にぃ、と獣じみた口端を吊り上げ、ぱたぱた、鳥の耳と二股の尻尾を動かす。

自然な耳と尻尾の動きに、護衛頭はもちろん、ほかの者たちも怪しむ様子はない。

こうして人外の恰好《かっこう》をして潜入するのは久々だが、上手く騙《だま》せているようだ。

以前、ダイシャとシャオシャの手下に拉致された際に、ウラナケの容姿が伝えられていたら厄介だと懸念していたが、これなら気づかれる心配もなさそうだ。

「お前、飛べるか？」

「飛ぶも跳ねるも自由にございます」

「ふむ。空からも地からも目を配ることができるとなれば便利でよろしい。……間もなく、二《に》お嬢様と、ご子息のジャン様がおいでになるから、お前もその警護に就きなさい」

「畏《かしこ》まりました」

拱手《こうしゅ》して拝命し、ウラナケは奥へ向かう。

表は来客を迎え入れる為の部屋や庭園で、奥はクェイ一族の私的な空間になる。

それにしても、クェイ家のお屋敷は、まるで迷路だ。

どこもかしこも九の字に折れ曲がった廊下ばかりで、まっすぐの道筋はほとんどない。

庭の池に架かる橋も、曲線を描くものはひとつもなく、すべて直角に折れ曲がっている。

曲がり角の多い不思議な造りは、果たして侵入者の侵攻を困難にする為だけだろうか……。

渡り廊下や橋の下は、硬い石畳や池ばかりで、落ちたら死んでしまいそうだ。

「お前の持ち場はここだ。二お嬢様とジャン様がお帰りになられるまでここを離れるな」

護衛頭はウラナケにそう言いつけ、ほかの護衛たちに指示を出しに向かう。

二お嬢様とは、シャオシャのことだ。

もう外へ嫁いだ身だが、それでもクェイ家の二番目のお嬢様だからと、未《いま》だに二お嬢様と呼ばれている。

ジャンは、シャオシャが産んだ息子で、今年二十歳《はたち》になる大学生だ。

二人は、ここでダイシャが来るのを待つらしい。

ダイシャもまた外へ嫁に出た身分だが、本家への出入りを許されているし、一《いち》お嬢様として大切にされている。

そして、ダイシャには、ジンカという名の一人息子がいた。

アガヒとウラナケが殺したのは、このジンカだ。

「気分が鬱陶しいから室内はいやよ、庭にするわ。早くお茶を持ってこさせなさい」

それからすこしして、大勢の護衛を引き連れたシャオシャとジャンが姿を現した。

ウラナケの立つ庭の、そのなかほどにある四阿《あずまや》へ腰を下ろす。

ウラナケは、二人のいる四阿を背にして立つ配置だ。

この距離なら、耳を欹《そばだ》てれば、二人の会話も聞きとれる。

「母様、わざわざ大学を休学してまで用心する必要はないんじゃありませんか？」

ジャンは、シャオシャにそう語りかける。

穏やかな口調の、メガネをかけた好青年だ。

「大姐《ダァジェ》の息子が殺されたのよ。あなたも気をつけないといけないわ」

大姐とは、ダイシャのことだ。

シャオシャはジャンの手を握り、心配そうに眉根《まゆね》を寄せる。

それは心優しい母親の姿そのもので、到底、悪人には見えない。

「おばさまはどうなさっているんです？」

「大姐は遅れていらっしゃるそうよ。ほら、アレにもっとも相応《ふさわ》しい日取りと時間が決まらないでしょう？　大姐は最良の結果を望んでらっしゃるから……。大姐の意志は尊重して差し上げたいけど、かといってあまり悠長にも構えてられないし……」

「ジンカ兄様が亡くなって、もう半月ですか……」

「大姐は、毎日お線香を焚《た》いて、紙銭を火にくべて、ジンカの為に佳《よ》い日を占って……、ジンカの命を奪った殺し屋とユィランが見つかるのを心待ちにしてらっしゃるわ」

「捜索班が二度もユィランを取り逃がしたのでしょう？　一緒にいた男は何者だったのですか？　ユィランの味方ですか？　隠れ家は分からないのですか？」

「それが特定できないのよ。おそらく、うちと同じような商売をしているとは思うんだけど、うちの者たち、全員、殺されてしまったから……」

兎は小動物に分類されるが、数だけはすべての獣人のなかでも上位に食いこむ。数にモノを言わせて方々へ手をやり、調べさせているが、相手も手練《てだれ》のようで、クェイ家の情報網をもってしても正体が摑めない。

「獣かなにかに嚙み殺されていたようですが……」

「獣人よ、あんな殺し方をするのは。それも、獰猛《どうもう》な獣人。わたくしたちみたいな兎とはモノが違うわ。国の要観察対象に指定されるような危険人物よ」

「我々では太刀《たち》打ちできない相手ですね」

「とにかく、ユィランよ、ユィランさえいなくなればいいの。お父様とサシャンが今回の件を嗅ぎつけて、お叱《しか》りを受ける前にユィランを殺さないと……」

シャオシャとジャンは、ちっとも言葉を隠さずに話をする。

完全に自分の縄張りの内側にいるし、ましてや親子なら、そこまで用心して会話する必要がないのだろう。

「………」

ウラナケは、よく手入れされた冬晴れの庭を眺めつつ、頭を働かせる。

帰ったらアガヒに報告するから、二人の会話の内容だけでなく、会話に出てきた人物の名前や口調、声のトーンまで、覚えられるだけ覚える。

ユィランを殺そうとしているのは、クェイ家そのものではなく、ダイシャとシャオシャだけ。

ならば、クェイ家すべてを敵に回す必要はない。

しかしながら、話し合いでどうこうできる相手ではなさそうだし、そもそも、いきなりユィランと両親を殺そうとした連中だ。話し合いの場にさえ着いてくれないだろう。

簡単なのは、殺すことだ。ダイシャとシャオシャを片づければいい。

それから、ジャンも。彼も事情を知っているようだし、今後、彼もまたユィランを狙う可能性があるから、殺しておく必要がある。

あとは、ユィランがそれで良しとするかどうかだ。

ユィランは、ダイシャとシャオシャを殺して欲しいと頼んできたわけではない。

ただ、匿《かくま》って、守って欲しいだけだ。

そういうのが、いちばん困る。

アガヒとウラナケは殺し屋であって、護衛業ではない。

ユィランがどういう結末を求めるかによって、方向性は大きく変わってくる。

ウラナケでは、落とし処《どころ》が分からない。

「これはきっと私たちへの報復よ。だからジンカも殺されたのよ。……次はきっと私たち……いいえ、あなたよ、ジャン」

シャオシャが、苦々しい口調で心情を吐露する。

なるほど、ダイシャとシャオシャも誰かから恨みを買っているらしい。

彼女らには思い当たる節があって、我が子の命の危機にも心当たりがあるのだ。

「ジンカの時の依頼主は……分からないままだしな……」

ジンカ殺害の実行犯は、アガヒとウラナケだ。

だが、その仕事の依頼主が特定できないとアガヒが言っていた。

仕事を回してきた仲介業者も、守秘義務だと言って、依頼主を開示しない。

第一、この手の案件は、仲介業者も依頼主の素性を知らないことがままある。

「アガヒに相談だな」

アガヒはもうなんとなくいろんなことを察しているようだから、アガヒに相談だ。

ウラナケはくぁあと大きな欠伸をして、腰が痛くなるほど長い時間をそこで過ごした。

＊

ウラナケは、見た目をヒトのそれに戻してからチャイナタウンの隠れ家で服を着替え、荷物を処分し、新市街地のカフェで時間を潰して、尾行がないのを確認すると、ぐるりと遠回りして自宅へ帰った。

今日は風もなく、快晴だ。新市街地はセントラルヒーティングが効いているから、上着によっては暑く感じるほどで、そんなに寒くない。

だが、天候のせいだけではなく、どうにも体が火照《ほて》った。

「あー……だめだ」

首筋の汗を手の甲で拭《ぬぐ》う。ウラナケは自宅へ戻ると、報告より先に、うっすらと雪の溶け残ったテラスに出て、ビーチベンチに寝転がった。

すぐに冷たい飲み物を持ってきたアガヒが隣のベンチに腰かけ、口移しでウラナケの唇に氷を押し当てる。

「甘いにおいがする」

「ちょっと興奮した」

アガヒが、すんと鼻を鳴らすから、ウラナケは自分が発情していることを正直に伝える。

「するか？」

「んー……ここで冷ましとく」

下半身を優しく撫でられ、ウラナケはくすぐったくて笑う。

久しぶりに、潜入なんて慣れないことをして、昂《たかぶ》ったらしい。

獣じみた己の本能にウラナケは笑う。

これじゃアガヒの交尾衝動を笑えない。

「ユィランなら気にしなくていいぞ」

「そういう気分じゃないだけ」

「分かった」

「……なぁ、俺って淡白？」

ウラナケが唐突にそう切り出すと、アガヒは、「お前のことはなんでもぜんぶ分かっている」みたいな、したり顔で微笑んだ。

アガヒは、ウラナケが売春通りをほっつき歩いて家に帰ろうとしなかった理由も尋ねず、ここ数日のウラナケの変化に気づいていても触れてこない。

いつものウラナケなら「まぁ、アガヒなら俺のこと分かってるから話し合いとかいらないだろ」と思って、居心地の悪さなんて感じないのに、今日に限ってはそういった雰囲気に耐えられず、「俺って淡白?」と声に出してしまっていた。

「俺、もうちょっとアガヒに執着したほうがいい?」

「お前がそうしたいと思うなら、そうするといい」

「アガヒが……」

「俺が決めていいのか?」

「………」

たぶん、「アガヒが決めていい」と答えたら、アガヒが決めてくれるだろう。

お前はそのままでいい。

お前はもうすこし俺に執着すべきだ。

そういうことを明確に定めてくれるだろう。

「お前は、お前の本能のままに生きるのがいちばんきれいだ。感情に素直に、本能に忠実に、好きに生きればいい。それがお前をいちばん可愛くする」

アガヒはずっとウラナケを見守る。支える。助ける。傍にいる。愛している。

だから、ウラナケは安心して、自由に生きればいい。

「俺が自由に生きて、アガヒのこと放ったらかしにしたらどうすんの」

「それはないな」

ウラナケに想われている自信があるから、アガヒは即座に否定する。

「でも、もしかしたら……、いまもうアガヒを放ったらかしてるかもしれない」

アガヒが優しいから許されているだけかもしれない。

でも、もし、アガヒが愛想を尽かしたら……。

愛想を尽かされたくないから、ちゃんと執着しないといけない。

好きとか、愛してるとか、そういうのを声にして、自分からアガヒとのセックスを求めて、自分からたくさんキスをして、この身のすべてを差し出して、愛を尽くして……。

そういうことをしないといけないのかもしれない。

いままでしてこなかったことを、するべきかもしれない。

「義務でする必要はない。そんなことをしなくても、お前の気持ちは分かっている」

「……アガヒが分かってても、……俺が、俺のこと分かんないんだよ……。なぁアガヒ、家族や仕事の相棒とセックスするのって、間違ってんの？」

「間違っていたらやめるのか？」

「やめない。アガヒとするの気持ちいいし」

「お前、俺とするのはいやか？」

「いやじゃない」

「じゃあ、それでいいじゃないか」

「だから、違うんだって！」

あぁもう！　ちがう！　ウラナケはその場で立ち上がり、アガヒの頭を掻き混ぜて毛並みをぐちゃぐちゃに乱し、びー！　と耳を引っ張ってから、また頭をぐしゃぐしゃにして、お髭ごとほっぺたを両方からつまんで伸ばし、両手の平でぎゅーっと頬を潰す。

「……いたい」

「あがひのばか！」

「……すまん」

「そうやって謝るから！　俺が！　なんにも考えなくなる！」

「では、一緒に考えよう」

「俺は！　自分で！　考えたいの！」

「じゃあ、なぜ話を持ちかけてきたんだ？」

「……っ、だって、それは……アガヒは俺で、俺はアガヒだから、アガヒの考えは俺の考えだから……夫婦って、生活するうえで考えは統一しとくもんじゃんか？　……それで、俺はいままでアガヒの決めたことに文句なくて、いまも文句なくて、不満とかもなくて、……だから、それが……あぁああ〜〜もう！　なんで俺こんなに馬鹿!?」

「馬鹿ではないと思うぞ。考える必要がなかっただけの話で……」

「だから！　それって俺がアガヒに甘えてきたからじゃんか！　もういい！　俺、ちゃんと一人で税金の処理とか、銀行とか、保険とかできるようになる！」

「そんなことで悩んでいたのか？」

「ほかにもいっぱいある！」

「いっぱいってなんだ？」

「……っ」

「ウラナケ？」

「俺とアガヒ、夫婦だけど……ちゃんと、夫婦……できてる？」

俺、ちゃんとアガヒのつがいとして相応しい？

わかんない。

ちゃんとした夫婦ってどんなのか分かんない。

どうしたら、俺はアガヒとちゃんと夫婦になれるの。

ちょっと前までは、自信を持って「夫婦です！」って胸を張って宣言できたのに、いまはできない。

なんで、十三年目でこんな思いしなきゃならないんだ。

なんで、こんなに不安なんだ。

なんで、こんなにも、こんなふうに、いまさら、俺のせいで……。

「…………こども、つくってあげられなくて、ごめん……」

いろんな思いをアガヒに伝えたいのに、なんで、よりによって口から出てくるのが、これなんだ。

アガヒから、「本当は、子供が欲しかった」と言われるのがこわかったのか。

別れを切り出されたくなかったのか。

捨てられたくなかったのか。

そうだ、その通りだ。

だから、アガヒがこの話題に触れてこないのをいいことに、自分も知らないフリをして、ずるく生きてきた。

でも、むりだ。

ウラナケは、アガヒに夫婦らしいこと、なにもしてあげられない。

「子供がいることだけが夫婦じゃないだろう？　俺も産めないしな」

「でも、結婚もしてない……指輪も、ない……」

「なら、結婚しよう。指輪も買いに行こう。家は……もう共同名義で買っているが、戸建てがいいなら戸建てを買おう。死亡保険もお互いが受取人だし、……、墓はこれからのつもりだったからまだ買ってなかったな。……墓を買うか？」

「…………」

「あぁ、そうか、すまん……実質だけが夫婦で、俺たちは形がなにもなかったな……」

墓や、保険や、家。

なによりも先に夫婦としての生活基盤ばかりを完璧《かんぺき》に整えてしまって、ふわふわと甘ったるい恋だの愛だのの集大成としての形あるものは、なにひとつとして残していなかった。

言葉や思い出にして、将来を約束していなかった。

プロポーズもしていない。

家族旅行には行っているが、新婚旅行には行っていない。

恋人や伴侶として、お互いを誰かに紹介したこともない。

お互いに、ただただ、つがいが死んでも生きていくという信念だけで、生きてきた。

信頼や尊敬という形のないものだけで充分に支えられて生きてきた。

でも、ある日、ふとした何気ないことで、人は不安に陥る。

そういう時に、形のないものが二人の間を取り持つこともあれば、形のあるものが二人を支え、繋ぎ止めることもある。

その、もっとも分かりやすいかたちが子供だったとしたら……。

ウラナケがずっとそれを気にしていたのだとしたら……。

「ウラナケ、もう十三年も一緒にいるんだ。そんなことは……」

「そんなことじゃない！」

「……ウラナケ、お前は俺に負い目なんてひとつも感じる必要はない」

「そんなことは分かってる！　アガヒは黙ってろ！　俺は、いま……っ、俺が……っ」

俺が、考えてるんだ。

＊

マズルガードと首輪は一体型で、その首輪にリードや鎖を通すことができる。

マズルガードは、いうなれば口輪や口枷《くちかせ》で、口に嚙ませる。

首輪は、その名の通り首輪だ。

獣人や人外にそれらを装着させることを、法律は禁じていない。

ただし、凶暴性のある獣人への拘束や身体保護の一環としてのみ、認められている。

このほか、獣人や人外のパートナーの身の安全を守る為にも、パートナー同士の相互理解に基づき、装着することが認められている。

発情期に入った獣人や人外がセックスの最中に昂りすぎて、パートナーを嚙み殺したり、抱き殺したり、腹上死させてしまわないようにする為だ。

こういった悲しい事件は、獣人や人外のパートナーのいるカップルによく発生する。

ウラナケとアガヒの家にも、例外なく、マズルガードと首輪、リードと鎖があった。

リードと首輪は革で、マズルガードと鎖は金属製だ。

革製の拘束具を引きちぎりそうな時は、金属製に替える。

アガヒは、発情期にウラナケのうなじに嚙みついて、首の骨を折って殺しかけたことがあるから、それから発情期はできるだけマズルガードと首輪をつけている。

「どうしたの、それ……アガヒ、発情期に入っちゃったの……」

ユィランがお茶を飲むついでにテラスを覗《のぞ》くと、マズルガードをつけられたアガヒがベンチソファに寝そべり、その腹に乗っかったウラナケがリードを引いていた。

「アガヒがうっせぇから、口出さないようにしてんの」

「そういうわけだ。みっともないところをすまんな」

マズルガードに拘束されて満足に口を動かせないアガヒは、くぐもった声で喋《しゃべ》る。

「……ケンカしないでね」

「だいじょうぶ、犬も食わないやつだから」

「ん、分かった。……ぼく、いまからお昼寝するけど、二人とも仲良くしてね」

「うん、仲良くする。おやすみ」

「おやすみ、ユィラン」

ウラナケとアガヒは、お日様ぽかぽかの温室へ向かうユィランを見送る。

すっかりその背が見えなくなってから、ウラナケはアガヒのリードを引いた。

腰をゆっくり一度だけ前後にゆすって、尻に収めたアガヒの陰茎を刺激する。

単調な動きで、一定の感覚で、前後に揺れるだけ。

ナカも気持ちいいけれど、めくれあがった括約筋がアガヒの股に擦れて気持ちいい。

アガヒはいつものようにキスしようとして、がつっ、とマズルガードの先をウラナケの顎先《あごさき》にぶつける。

「……ウラナケ、外してくれないか」

「今日一日ダメ」

アガヒが喋ると、ウラナケが考えなくなるから、だめ。

ウラナケはリードを右の手首から肘《ひじ》に巻きつけて短くすると、手綱のように扱う。

超重量級獣人用のリードは、革もごつくて丈夫で、幅も広く、ベルト通しの金具も太く頑丈に作られていて重い。

それがウラナケの腕に食いこむと、ぎゅうぎゅう締まる。

「……っ、は」

そうして革紐が腕に食いこむだけで、興奮する。

あぁそうだ、忘れていた……今日は仕事で興奮したから余計に昂るのだ。

「ウラナケ……」

「無駄吠《むだぼ》え禁止」

冷静を装って、でも、ちっとも興奮を隠せず、アガヒの胸に左手をつき、背中を反らせて骨盤を前傾させ、気持ちいいところに押し当てる。

気持ちはいいが、ウラナケの腰に負担のかかる体勢だ。

アガヒがそろりと腕を持ち上げ、ウラナケの腰を摑んで支えた。

「触ったらだめ」

「どうして？」

「どうしても。俺のやりたいようにやるの」

「……お前が腰を痛くする」

「それ以上喋ったら、マズルガードのベルトもう一個きつくする」

「…………」

「っんぁ、っ……ぅっ、あ、あぅ、……ぅ、ごくのも、禁止……っ」

「ちゃんと愛したい」

「そしたら、また一方的に俺が愛されるだけだからやだ」

「……ウラナケ」

「そんな切羽詰まった声出すなよ、可哀想《かわいそう》になってくる」

ウラナケは自分の指をしゃぶり、ねろりと舌を絡めて唾液を絡みつかせると、それを、マズルガードの隙間に差し入れ、アガヒの口に含ませる。

歯並びの良い歯列を割り開き、血色の良い歯肉を撫で、いつもウラナケのうなじに噛みつく可愛い虎牙《こが》を指先で撫でる。

はぐ、あぐ。アガヒが一心不乱にそれを噛む。

あかんぼみたいに、吸って、しゃぶって、牙を立て、うなじへの執着を伝える。

ざりざりの舌が水掻きを舐めあげ、かり……と手の甲に牙を食いこませる。

「……ぃ、く……ぃ、ぅン、んっ……んァ……は……っ」

うなじを噛まれたわけでもないのに、ぎゅうと括約筋を窄《すぼ》めて、イった。

あんまりにも急で、自覚もなく突然の絶頂を迎えたから、リードから手が離れる。

ぐらりと傾ぐウラナケの体をアガヒの腕が支える。

腰骨に触れたその手の温かさにぞわりと快感がせり上がって、またイった。

「っは、あ……っ、あっ……ぅあ、っは……ひ……っ」

息ができない。

いま、腹のどのあたりまでアガヒを入れてたっけ？

結腸には入らないようにしていたはずだけど、尻がべったりアガヒのまたぐらにくっついていて、そこに生い茂る短い毛に会陰《えいん》が触れて、ちくちくする。

だらだらと前から垂らしっぱなしの薄い精液が、アガヒの太腿にある長めの体毛を、ぐしょぐしょに濡らしている。

結合部に毛を巻き込まないように、アガヒは下の毛を短くカットしてくれているから、余計に、ちくちくとふぁふぁの差が大きい。

「だめ……感覚、ない……どこ、はいってる……あ……」

アガヒと言いかけて、舌先でそれを押し留《とど》める。

唇が勝手にアガヒを呼びたがる。

アガヒ、アガヒ。名前を呼べば、唇も体も心も気持ち良くなると知っている。

それじゃ、あまりにも節操がない。

「……っん、ふ……っ、ぅあ、っあ、クソ……っ、イけない……っ」

アガヒが指に牙を立てるのをやめるから、イけない。

もっと噛めと喉の奥へ押しこみ、フェラさせるけど、してくれない。

じゃあもういいと指を抜いて、アガヒのよだれまみれの手で自分の萎《な》えた陰茎を扱《しご》いてみたり、陰嚢ごと揉んでみたり、ぎちぎちに亀頭球まで嵌まって伸びきった括約筋にアガヒの唾液を塗りつけて、自分の指も入れてみるけれど、イけない。

「……ぁ、が……ひぃ……」

イけない。くるしい。アガヒ、助けて。

すぐにアガヒを呼んじゃう。

呼んでから、「あ、呼んじゃった」と思う。

マズルガードの柵《さく》に指をかけ、鉄格子に指を絡めて引き寄せ、指を噛んでとねだる。

なのにアガヒは噛んでくれなくて、たっぷりの唾液を指に絡めてくれるだけ。

気づいたら、焦《じ》れたウラナケのほうがマズルガードにしがみつき、アガヒの口吻《こうふん》に触れてキスをねだって、キスできずに焦れて、しょうがなしにアガヒの唾液に濡れた自分の指を舐めしゃぶっていた。

赤ん坊みたいにしゃぶって、吸って、眉尻を下げてさみしい顔をして、アガヒを呼んで、俺って勝手だなぁ……と思った。

＊

数日後の夜、ダイナーで食事を摂った。

アガヒは体が大きいので、二人掛けのソファに一人。

その対面のソファにウラナケとユィランが座っている。

外出に合わせてやっとマズルガードを外してもらえたアガヒは、ほっとした様子だ。

その顔と首には、うっすら首輪と口枷の痕が残っている。

だが、それ以上にウラナケの指と手がぼろぼろになっていた。

「アガヒ」

「あぁ」

ウラナケの呼びかけで、アガヒが焼《や》き牡蠣《がき》にレモンを搾る。

ウラナケは、アガヒとユィランにグリークサラダを取り分け、アガヒにはなにも確認せずにドレッシングと塩胡椒《こしょう》のあまりかかっていない部分を皿に盛り、ユィランにはタマネギを避けて皿に盛る。

「ぼく、たまねぎ食べられるよ」

「そうなんだ？　じゃ、食う？　何色のタマネギがいい？」

「むらさき色！」

アガヒの食の好みは完全に把握しているけど、兎のユィランの食べ物はひとつひとつ確認してから皿に盛りつける。

「ウラナケ」

アガヒは、フェタチーズとトマトと挽き肉のたっぷり詰まったムサカを皿へよそい、ウラナケに差し出す。

「ん、はい」

皿と交換で、カトラリーから取り出したナイフとフォークをアガヒに渡す。

「ユィラン、君はどれくらい食べる？　これくらいで足りるか？」

「そんなにたくさん食べられないよ」

「そうか？」

「ユィラン、食欲ない？　なんかあっさりしたもんにしとく？」

「そうじゃなくて……こんなにいっぱい食べたことがないの……」

きょとんとするアガヒとウラナケに、ユィランは狼狽《うろた》える。

サラダとムサカのほかに、山盛りのギロス、チリコンカン、魚介のフライ盛り合わせ、レッドチェダーのたっぷりかかったフライドポテト、無駄にでっかいステーキ。

それらが、所狭しとテーブルに並んでいる。

男所帯の二人は、子供の食べる量というものが想像しづらいらしい。

家で食事をしている時からたくさん食べる二人だったし、特にウラナケは瘦《や》せの大食いで、ユィランの養父と同じ人間とは思えないほどの大食漢だ。

ニンジンの葉っぱが好物の兎の母と、「僕は蕎麦《そば》が好きだなぁ」という人間の養父の間で育ったユィランは、驚きでいっぱいだった。

「ユィラン、羊の蒸し焼き食うか？　レモンのソースさっぱりしてるし、ここの羊、最高だよ？　それとも甘いもんにする？　トルココーヒーみたいに甘いのもあるし、フラッペかパイは？　ここのバクラヴァ、ギリシアから嫁にきたミノタウロスの奥さんが作ってるからめっちゃ美味《うま》いんだ」

「……それより、二人は仲直りしたの？」

「してない」

「そ、俺が一方的に怒ってるだけだから、仲直りしてない」

ユィランの問いに、アガヒとウラナケは息もぴったりほぼ同時に答えた。

今日は、朝から一度も目を合わさず、会話も最低限だ。

意志疎通が必要な時も、名前を呼ぶだけで通じるから、日常生活で困ることはない。

ユィランがウラナケの袖を引き、「……どうして怒ってるの?」と尋ねてきた。

「……分かんない」

いつもアガヒが考えてくれたから、自分の気持ちに名前がつけられない。

「ぼくのせい?」

「んー……ちがう。ユィランは考える機会くれただけ」

たぶん、ユィランとの出会いがなかったら、ウラナケは、いまの幸せにどっぷり浸るだけだった。

でも、もし、もっと幸せになる方法があるなら……。

ウラナケは、それを、ちゃんと、しっかり、考えたい。

アガヒとずっと夫婦でいたいから。

「はぁい、お待たせ~モリルちゃんよ~」

ダイナーのカウベルがカランと鳴って、場違いな女装家が入ってきた。

情報屋モリルは、まるでこれから高級フレンチを特別席で味わうような装いだ。お抱えデザイナーのオートクチュールと毛皮で身を飾り、小さなクラッチバッグひとつを手にしている。

「ハァイ、アタシのおひげちゃん、今日も立派なお胸と鬣ね」

アガヒの座るソファ席にお尻をぐいぐい捩《ね》じこみ、窓際の隅へアガヒを追いやると、アガヒの両頬を男の握力でガシッと掴み、その頬に唇を長めに押し当てる。

「…………」

アガヒは紳士だ。モリルが男だと分かっていても、女として扱ってもらうことに喜びを見出すモリルに力任せの抵抗はできない。

アガヒは、頬の毛に残る真っ赤な口紅を拭うにも拭えず、じっとしていた。

「ちゅーしてる。……ウラナケ、アガヒがちゅーされてるよ」

「されてるなぁ」

「やきもちやいちゃう？」

「やかない」

ウラナケは目を細めて笑い、テーブルの下でアガヒの股間《こかん》を踏んでやる。

ウラナケの長い足は、こういう時に便利だ。

ごほん。アガヒがわざとらしい咳払《せきばら》いをしたが、ウラナケはそっぽを向いて舌を出す。

「あ、アタシには炭酸水をちょうだい。レモンを浮かべてね」

「モリル、報告」

ドリンクを注文するモリルに、ウラナケは報告を促す。

アガヒは、ぐいぐい寄ってくるモリルと、素知らぬ顔して股間を責めてくるウラナケを交互に見やるものの、沈黙を選んだ。

「はいはい。ダイシャとシャオシャだけどね、今月十五日、ご先祖さまの宗廟《そうびょう》でジンカの
お葬式をするんですって。時刻は、ジンカが亡くなったのと同じ時刻よ」

「今月十五日？　一カ月以上経ってから葬式ってするもんなのか？」

「まぁ、大陸系や極東系を含め、そのあたりはいろいろよね。今回も、クェイ家のお作法
ですって。吉凶を占うとその日になるらしいわ。ダイシャとシャオシャは、宗廟で準備す
る以外はずっとお屋敷に籠《こも》っていて、普段の予定はぜぇんぶキャンセルしてるわね」

「じゃ、ダイシャとシャオシャに接近するならその日がチャンスだな」

「そうなるわね。……そっちのお嬢ちゃん……いえ、坊やね、彼と関係してるんでしょう
けど、宗廟には護衛がたっぷりみたいよ？」

モリルは、一見しただけでユィランの女装を見抜いた。

「お前すごいな、ユィランこんなに可愛いのに……分かるんだな」

「だってその子の女装は、女装じゃなくて変装だもの」

身も心も女の子じゃなくて、身と心を守る為の変装。モリルとは信念が違う。

「ユィラン、こいつのは野生の勘だから気にすんなよ」

女装を見抜かれたユィランが怯えないように、ウラナケは耳を撫でる。

「あらぁ、悪魔の一族を舐めないでちょうだい？」

んふふ。口端を吊り上げて笑い、ユィランにパチンとウィンクした。

ダイナーの大きな窓に映ったモリルの影には、立派な角が二本生えている。

「モリルちゃんは、悪魔ちゃん。……だから、ぼくに……むぐ」

ぽかんと開いたユィランの口に、モリルは炭酸水に浮いたレモンをぽいと放りこむ。

すっぱいレモンに、ユィランは両手で口を押さえて、きゅう……と鳴く。

「……で、もう一件報告。ジャンの殺害依頼が出たわ。大手の仲介屋には、漏れなく声がかかってる。報酬が莫大《ばくだい》でね……、いま、どこの仲介屋がその依頼をぶんどるかで競合中らしいけど……」

「けど？」

「その依頼、実行犯の殺し屋にはアンタたちを指名してるの」

「ふぅん」

考えるフリして、アガヒの股間をふみふみ。

さっきよりだいぶおっきくなってる。

「ジンカを殺した殺し屋にジャンも殺して欲しいんですって。実績のある殺し屋に依頼したいんでしょうけど……、両方殺したいなんて、よっぽどよねぇ。依頼主は、さぞやダイシャとシャオシャの息子を恨んでるに違いないわぁ」

「ほんとになぁ」

モリルの芝居がかった口調に乗っかって、ウラナケも棒読みの返事をする。

「そんなわけで、もうすぐアンタのとこに依頼がくるはずよ」

「じゃ、その依頼、受けるとしよう」

ウラナケは視線を流してアガヒを見やる。

異様にモリルに密着されたアガヒは、すっかり肩身を狭くして、頷《うなず》いた。

「それとね、クェイ家の六親等内の情報を収集する……ってやつだけど」

「あぁ、なんか出た？」

「まぁなんせ数の多い一族だから？　それだけ揉め事も多いわよね。……とは言っても、どれも内々で片づけられる程度のことなんだけど、さすがはアタシのおひげちゃん、読みが大当たりよ」

「なんか出た？」

「クェイ家の次の当主サシャンなんだけど、お嫁さんとの間に三人の息子がいるのね？」

「……また子供……」

「そう、また子供よ。……で、その次期当主夫婦なんだけど、兎にしては子供が少ないのよ。血統を大事にしすぎたせいかしら？　その次期当主の三人の息子……、全員まだ十歳足らずなんだけど、体が弱かったり、気が弱すぎたり、凶暴すぎたりして、手を焼いているみたい。全員、かなり規則の厳しい寄宿舎に入ってるわ」

「へぇ。なんか意外……あの一族って、みんなすごい優秀なイメージなんだけどな」

「表に出ないだけで、一定数、その手のタイプが生まれてるみたいよ」

「確かに……、ダイシャとシャオシャに次期当主。この三人にしても、ほかに七人の弟妹がいるのに、世間への露出がないもんなぁ」

「そのダイシャとシャオシャも性格に難ありってことで、小さい時は遠くの国の寄宿舎に入れられてたらしいわ。でも、結局はそこも放校処分。実家に連れ戻されてからは、監視目的で分家にお嫁にいかされてるわ。いまでこそ、本家からお小遣いをもらっておとなしくしてるようだけど、あれ、裏じゃそれなりに悪さしてるわね」

「そういう家系か……」

「そういう家系ね。報告は以上よ」

「了解。……モリル、確認して」

「はいはーい。アンタんとこはいつも現金払いでツケもため込まないから大好きよ」

ウラナケとモリルは互いに携帯電話を操作し、送金と入金を確認し合う。

「またなんかあったらよろしく」

「いつでもどうぞぉ。……あ、そうだ、これおまけ」

モリルはバッグからネームカードを取り出し、その裏に細身の万年筆で電話番号を書きつける。

それをアガヒの胸の谷間に挟むと、「ごきげんよう、アタシのおひげちゃん、次こそは3Pしましょ」とアガヒの肉厚の胸を揉んで去っていった。

「いっぺんくらい混ぜてやったらいいのに」

ウラナケは、にやにやと人の悪い笑みでアガヒを見やる。

「だめだ」

アガヒは胸に挟まれたネームカードを取り出し、確認する。

「なんで？　ケツ処女の危機を察知した？」

「冗談を……。モリルが狙っているのは最初からお前だ」

「どう見てもアガヒじゃん」

「俺を狙うフリして、お前に乗っかろうとしてるんだ」

色白で、西洋系にはない独特の雰囲気があって、涼やかな横顔の美人で、背が高くて足が長く、鍛えられたしなやかな肢体。

そして、どこか影のある過去を持つ青年。

「モリルのタイプそのままじゃないか」

「モリルの奴、趣味悪ぃな。絶対アガヒのほうが抱き心地いいのに……」

「昔の商売柄だろうが……お前はそういう目に慣れすぎだ」

アガヒが傍にいると、途端に、ウラナケの自己防衛は等閑《なおざり》になる。

アガヒが守ってくれるからと、すっかり気が抜けて、腑抜《ふぬ》けて、隙だらけになる。

安心して身を任せてくれるのは嬉《うれ》しいが、心配でたまらない。

ちょっと街を歩くだけで、ビストロのギャルソンにモーションをかけられたり、カフェの店員に誘われたり、「この虎から乗り換えないか？」と尻を撫でられたり……。

とにかく獣人受けがいい。

その点、モリルはまだマシなほうだ。

アガヒの手前、アガヒと三人で……と言ってくるだけ礼儀を弁《わきま》えている。

「ウラナケ、お前はここぞという時に用心が足りない」

「でも、俺、アガヒ以外とはできないし」

用心しようとしまいと、ウラナケはアガヒ以外とはセックスできない。

昔の経験のせいか、アガヒ以外と行為に及ぼうとしたり、アガヒ以外のオスに触られると気分が悪くなる。ユィランのように小さな子供や、モリルのように長年の交流があって、一見して女性なら耐えられるが、それ以外は無理だ。

アガヒ以外に触れられたからといって、暴れたり、失神したり、恐怖で叫び出したりはしないけれど、反射で振り払うくらいはしてしまう。

それに、ウラナケを抱き慣れていないオスに抱かれると、事後がつらい。

アガヒはウラナケの体を抱き慣れているし、どうすればいいか分かってる。

だから、アガヒ以外に抱かれると、あちこちが痛くなる。

背中や腰なんかは特に顕著だ。

アガヒはそういうことも弁えているから、アガヒとセックスした翌日は、甘ったるい気《け》怠《だる》さが腰に残るだけで、ずっと腹の底がアガヒを感じていて、きもちいい。

ウラナケの体は、もう、アガヒに抱かれる為だけの体になってる。

ほかのオス相手だと身構えて、筋肉がガチガチになって、痛いだけだ。

それになにより、よその行きずりのオスと寝て、病気をもらって、それをアガヒにうつしたくないから、よそのオスとは寝ない。

だからウラナケはアガヒ以外と付き合ったことがないし、セックスしたこともない。

小さい頃に売春でセックスしたことはあるけど、それは数には入れない。

恋愛をして恋人になった人とセックスしたことは一度もないから、ウラナケのこの体はアガヒしか知らない。

アガヒ以外に抱かれるという感覚を、知らない。

「それに、俺に手ぇ出すには、まずアガヒを倒さないといけないじゃんか。俺の貞操めちゃくちゃ守られてるから大丈夫」

アガヒ以外の誰かがウラナケに触れる機会は永遠にやってこないだろう。

だってウラナケのアガヒはめちゃくちゃ強い。

「お前に粉かけてる男を何度返り討ちにしたことか……」

見ていてハラハラする。

でも、アガヒはそれがいやじゃない。

初対面でも物怖《ものお》じせず獣人のアガヒに近寄り、アガヒを踏み台にしてゴミ箱を漁《あさ》るような子だ。

天真爛漫《てんしんらんまん》で、自由で、羽の生えた鳥のよう。

ウラナケがいつどんな時でも底抜けに明るいから、傍にいて笑ってくれるだけでアガヒは救われる。

アガヒが、深く、重く、落ちこみ、物事を深刻に考えがちな時も、アガヒを引っ張り上げてくれる。

出会った瞬間から、アガヒの胸はいつも心地良く翻弄《ほんろう》されて、ときめいている。

「……って、結局、俺いつも通りにアガヒと喋っちゃってるし……」

「なんだ、口を利かないつもりだったのか？」

「そうだよ。あぁもう……俺、すぐなんでもアガヒに話しちゃう……」

長年の同居生活というのはこわいもので、油断すると、自問自答するように、アガヒに話しかけて、アガヒとの会話で結論を導いてしまう。

ウラナケが拗《す》ねて見せると、アガヒがちょっと得意げな顔をするから、それが余計にウラナケを悔しがらせる。

「…………」

「ほら、食事の途中だ。食べよう。ユィラン、君も……ユィラン、どうした？」

不貞腐れるウラナケを手玉にとって、アガヒは俯くユィランにも声をかけた。

無表情で固まっているユィランは、じっと自分の服を両手で握りしめている。

「ユィラン、どうした？」

「……っ、なんでも、ない……」

ウラナケに長耳の先をちょんと突《つ》つかれて、ユィランはようやく顔を上げた。

無理に笑みの形を作った、ぎこちない表情だ。

「口直しにジュースでも頼もうか？」

アガヒは、テーブルサイドからメニューブックを取り、ユィランに差し出す。

「……うん、…………うん」

ユィランはそれを受け取ったものの、どこか上の空だ。

大きく開いたメニューに顔を埋めて表情を隠し、耳の先だけを出して、「そんなはずないのに……まだ、それは……だって、そんなの……」と、むぐむぐ鼻先を動かし、消え入りそうな声音で、呟く。

よっぽど狼狽えているようで、考えがそのまま声に出ている。

ウラナケとアガヒはそれが聞こえないフリをして、人の悪い笑みを浮かべた。

＊

モリルの言った通り、それから間もなくして、ウラナケとアガヒのもとへジャンの殺害依頼が寄越された。

二人はそれを受領した。

ジャンの殺害は、今月十五日に催されるジンカの葬儀の席で行うこと。

親族が参列するのは昼間の葬儀だけで、深夜から明朝にかけては、死者の霊魂を慰める為に、ダイシャ、シャオシャ、ジャン、ほか十数名の護衛だけが付き添うらしい。

ダイシャとシャオシャの夫は分家出身を理由に、深夜の葬儀には参列できないそうだ。

ウラナケとアガヒが下調べをしなくても、依頼主のほうから詳細な情報を提供してくれた。ご丁寧なうえに、随分と親切な依頼主だ。

「ねぇ、おねがい……このお仕事やめて。……あやしいよ。ジンカを殺したのがアガヒとウラナケだから、ついでにジャンも殺せ……って、そんなのおかしいよ。今回も、依頼主が誰か分からないんでしょ？　ぜったいに罠《わな》だよ」

ユィランは、武器の点検をしているウラナケに思い留まるよう進言した。

「罠かもな～」

床に胡坐をかいたウラナケは、拳銃と手入れ道具をローテーブルに拡げている。

テーブルにある拳銃は一丁だけだが、同じ部品がいくつもあった。

仕事で使い慣れた銃を使いたい時は、毎回、施条痕《しじょうこん》の残るパーツさえ新しくしてしまえば、特定されにくい。

こういう細かい作業は、アガヒよりウラナケが得意だ。

あっという間にメンテナンスを終えて、一分もかからずに組み立ててしまう。

「このお仕事はやめて、おねがい」

「んー……でもさ、金払いもいいし、俺、この仕事が終わったらアガヒと旅行きたいんだよな。……いや、俺、まだ一方的にアガヒとは距離とってんだけどさ」

「旅行の為に危ないことしないで……」

「ユィラン、そんな顔すんなって。大丈夫だから」

「……でも」

「それより、いい機会だから、ユィランも身の振り方考えろよ。このまま一生ダイシャとシャオシャから逃げ続けることはできないんだ。中華系の奴らは執念深い。ユィランが死ぬまで、死んでも、ずっと、永遠に、追いかけてくる」

「死んでも……」

「そう、死んでも……。クェイ家は特にそういうの得意だと思うけどな」

「………ぼくは……」

ユィランは、ただ自分の目的の達成だけを考えていて、ダイシャとシャオシャに対抗するという考えを持ったことがなかったし、将来のことなんて想像もしていなかった。

「……ダイシャとシャオシャを殺せば、これは解決するのかな……？」

「そしたら今度は、ダイシャとシャオシャの親父《おやじ》と弟、それにジャン、あと、それぞれの旦那がユィランを狙うだろうな」

「じゃあ、ぼくはどうしたらいいの……」

「ユィランが始めた戦争だろ。ユィランがどうするか決めろ。……って、ぜんぶアガヒに決めてもらってる俺が言っても説得力ないか。……アガヒ、交代」

それまで黙って二人の話を聞いていたアガヒにパスする。

「ユィラン、ダイシャとシャオシャは話し合いや交渉で決着がつく相手だと思うか？」

「思わない」

「だが、どうにかしなくてはならない。そういう時はどうする？　君は、君の命が助かれば、それで納得がいくのか？」

「いかない」

「では、君の納得がいく帰結を迎える為に、君の求める結末を教えてくれ」

「ダイシャとシャオシャに会ってみてからでないと、決められない」

「では、俺たちはそれに協力しよう」

「あのっ、あのね……、いま、お金がないんだけど、がんばって大きくなったら、いっぱいお金貯めて、そしたら、ちゃんとお金、はらうから……ごめんなさい……」

「君の将来を楽しみにしている。……だが、いまは不要だ。子供から大枚を巻き上げるほど困っていないのでね」

「……でも、お礼がしたいの。優しくしてくれた人には、ちゃんとありがとうって言いなさいって、おかあさんとおとうさんが……だから……」

「では、ぜんぶ終わった時に、ありがとうと言ってくれるだけでいい」

「……うん」

交渉成立だ。アガヒとユィランは握手する。

「決まった？　……じゃ、一気に片づけたいし、ユィランも例の宗廟に連れてくか」

「そうだな」

ウラナケとアガヒは、まるでピクニックにでも行くみたいに仕事の打ち合わせをする。

ユィランは、危機感のまったくない二人が恐ろしかった。

なにせ、クェイ家にケンカを売るのだ。

クェイ家に逆らった者は、手足を切り落とされ、生皮を剝《は》がされて、大きな甕《かめ》に放り込まれて、生きたまま塩漬け肉にされる。

そんなことは、裏社会の者なら誰でも知っているはずだ。

そんな場所へ三人で乗りこむ。

ユィランの目には、到底、死ぬかもしれないと思っている二人には見えなかった。

＊

クェイ家の宗廟は、首都郊外にあるクェイ家所有の丘陵地にある。

広大な敷地には無数の墳墓群と宗廟があって、生まれた時の星まわりや命数、星の数ほどあるしきたりで、どの墓に入るか決まるらしい。

ジンカは己の墓を用意する前に亡くなってしまったし、嫁いだとはいえ、長女の息子を分家の墓に入れるのも忍びなく、不遇の死を遂げた子を粗末にも扱えない。

方角や吉凶を占った結果、クェイ本家の宗廟に祀《まつ》ることにしたのだろう。

　宗廟周辺には、ダイシャとシャオシャの部下が見張りに立っていた。

「うわ、ライオンだ……俺、獅子《しし》系の獣人って苦手なんだよな……」

　小高い丘に聳《そび》える大木の枝に腰かけ、ウラナケは目を細めて遠くの宗廟を見やる。

　これから襲撃する場所を偵察しているのだ。

「……ふぅん」

　ウラナケの懐にだっこされて、ゆたんぽになっているユィランは気のない返事をする。

　これから、ダイシャやシャオシャと対峙《たいじ》するのだ。

　ウラナケのように軽口を叩く余裕はない。

「あっちは、骸骨《がいこつ》？　……あ、ジァンシィか……あんなもんまで用意してんのかよ。勘弁しろよ……ったく……」

「ジァンシィ？　……キョンシーのこと？」

「そうそう、それ。……やだなぁ……俺、キョンシーとも相性悪いんだよなぁ」

「ウラナケは人間なのに、苦手や弱点がたくさんあるんだね」

「普通の人間は、ライオンも骸骨もキョンシーも苦手だと思うけどなぁ」

「……それもそっか」

「……ま、虎と暮らしてる俺が言うのも変な話だけどな……よし、そろそろ時間だから移動するわ。……アガヒ」

名前を呼んで足もとに声をかけ、大木の幹に凭《もた》れかかるアガヒの腕にユィランをぽんと落とす。

続いて、ウラナケも枝から飛び降りると、特にアガヒとなにか会話を交わすでもなく、持ち場へ向かった。

アガヒから双眼鏡を渡されて、ユィランがそれを覗く。

ちょうど宗廟からジャンが姿を現し、見張りと連れだって煙草《たばこ》を喫《す》う姿が見えた。

この距離が見えるなんて、ウラナケは視力も良いようだ。

ユィランが双眼鏡から目を離すと、もうウラナケの姿は見えなくなっていた。

代わりとばかりに風が吹き始め、木々がざわめき、夜行性の鳥が夜空を羽搏《はばた》く。

それからものの数分と経たぬうちに、宗廟近くの見張りの数が、一人、また一人……、静かに、そうっと、忽然《こつぜん》と、姿を消し始める。

ウラナケは走るのが本当に速いようで、この丘からあの宗廟まで、あっという間に移動したらしい。

そして、瞬く間に、露払いを済ませてしまったようだ。

再び双眼鏡を覗くと、ジャンの立っていた場所には煙草だけが落ちていた。

あまりにも静かな行動なので、ユィランには、なにが起こったのか把握できない。

にわかには信じがたく、現実味もなく、神業を見た心地だ。

「では、我々も向かおう」

けれども、アガヒにとっては、これがいつものことらしい。

アガヒが宗廟へ足を向けるから、ユィランは隣に並ぶ。

ユィランに合わせて、ゆっくりとした歩調でアガヒが歩いてくれる。

アガヒは右手に拳銃を携えていた。

拳銃といっても、全長三百ミリ以上あって、ユィランの顔よりも長い。

大型の獣人が好んで使う自動拳銃だ。

超重量級の獣人は、手が大きくて、指も太く、筋肉も強いから、それに見合った拳銃が開発され、一般に流通している。

ウラナケが邪魔者を排除してくれたお蔭で、アガヒとユィランは誰の目に留まることもなく、宗廟へ辿《たど》り着くことができた。

風に乗って、血のにおいがユィランの鼻先をくすぐるが、それ以上に、宗廟内部で焚かれている香木や線香、紙銭のにおい、もうもうと立ち込める煙のほうが勝った。

宗廟を取り囲む竹林に、きらりと獣の眼が光った。

一対の小さな光で、ちかっ、ちかっ、と車のランプみたいに明滅する。

まるでこの世の悪行をすべて見通すような光に、ユィランはこくんと息を呑んだ。

「心配ない。ウラナケの合図だ。……ジャンの処分は終了したようだ」

　ユィランの不安を察したアガヒが、あの光は安心していいと微笑む。

「そうなんだ……もう……終わったんだ……早いね」

　ユィランは、ほっとしたような、胸がざわつくような、悔しいような、よく分からない感情で胸を締めつけられ、ぎゅっと自分でそこを摑む。

　夜に鳴く鳥が、幽霊みたいに、か細く鳴く。

　篠笛《しのぶえ》や高麗笛《こまぶえ》の高音域に似た鳴き声で、物悲しげだ。

　その音が耳に入ってくるだけで、得体の知れない恐怖に駆られる。

　闇夜に吸いこまれて反響する鳥の啼《な》き声は、ユィランの焦燥や不安を煽《あお》り立て、心臓に早鐘を打たせた。

　血管を流れる血液の音が、ユィランの耳もとでうるさく響く。

　ユィランは、必死になって今日の計画を脳内で反芻《はんすう》した。

　ウラナケが囮《おとり》になって見張りとジャンを片づける。

　アガヒはユィランを連れて、ダイシャとシャオシャと対峙する。

　たったそれだけのことなのに、まるでアガヒとウラナケの決定に流されるようにここまで来てしまったような気がして……、自分の意志で動いたのではないような気がして……、まるであやかしにでも化かされているような気がして……。

　地に足がつかない。

「さぁユィラン、最後の大仕事だ」

宗廟は、瓦屋根《かわら》に覆われた石造りの建物だ。

通常、墓は一人につき一基だが、ここはクェイ家の先祖代々を祀る為の宗廟で、内部は何本もの柱で支えられ、三十人以上が入れる広い空間になっている。

入口は鉄の観音扉で、非常に重い。

アガヒは、その両扉をいとも容易《たやす》く片手で開いた。

宗廟の最奥、祭壇の前にダイシャとシャオシャがいた。

二人の姿を認めた瞬間、左右から獅子と熊の獣人が襲いかかってきた。

「ひ、ゃ……っ！」

ユィランは、咄嗟《とっさ》に自分の頭を抱えてその場にしゃがみこむ。

アガヒはユィランを庇《かば》いつつ、頭上から襲いかかる獅子の首根を摑んで地面に叩きつけた。

熊の獣人は二本脚で立ち、手を前に出してアガヒを威嚇《いかく》する。

アガヒもまた宗廟が共振するほど、雄々しく咆哮《ほうこう》する。

ダイシャとシャオシャ、そしてユィラン。

長耳を持つ三人は、己の耳を摑んで二つ折りにして、耳孔を内側に隠した。

咆哮ひとつで鼓膜が破れてしまうからだ。

所詮は食物連鎖の下層に位置する兎だ。

虎と熊の死闘を前にすると、本能的に怖気《おじけ》づく。

アガヒは、宗廟内での跳弾を計算しつつ銃弾を放ち、熊の下半身を重点的に狙って動きを止め、熊が接近戦に持ちこもうとするのを回避する。

そうする合間にも、ダイシャとシャオシャの動きを警戒し、ユィランに気を配る。

そして、一気に間合いを詰めて、コンバットナイフで熊の眼球を突き刺すと、泡を吹く熊の口吻に拳銃を噛ませ、脳髄めがけて撃ちこむ。

それと同時にナイフで心臓を突き刺し、柄をひねって肉を抉った。

地震でも起きたみたいな地響きとともに、熊が、仰向けに倒れる。

「アガヒ！」

ユィランが叫ぶ。

熊を押しのけたアガヒの死角から、キョンシーが牙を剝く。

キョンシーは、元は人間。

ゾンビのようなもので、要は、動く死体だ。

墓場にキョンシーは風水や地相的にも相性が良く、凶暴性を増していた。

「はぷっ」

ユィランは、キョンシーへの対処法として、両手で息を止め、じっとする。

キョンシーは、生きているものが吐き出す息、つまりは生気や臭気に反応するから、息を止めてじっとしていれば、素通りしてくれる。

アガヒは予備の拳銃を構え、鉛玉をぶちこむ。

キョンシーは後ろへぐらつくが、風穴だらけの体でも勢いは衰えず、硬直した全身で、ぴょん！　とバネみたいに姿勢を立て直し、アガヒに迫る。

「…………ジンカ？」

大きな目をもっと大きく見開き、息を止めるのも忘れて、ユィランはその名を口にした。

キョンシーが跳ねるように直進するたび、その額に貼《は》りつけられた呪符《じゅふ》がひらりと揺れてめくれあがり、青白い顔が顕《あら》わになる。

見覚えのあるその顔は、やはり、ジンカだ。

「なるほど、表と裏で二つの商売を使い分けていたわけか」

アガヒはユィランを背後に庇い、ジンカに嚙まれないよう距離を取る。

表は製薬会社。裏では呪《まじな》い稼業。

表の仕事は、長男に。裏の仕事は、長女と次女に。

「そうだとしても……自分の子供をキョンシーにするなんて……」

ダイシャは、自分の身を守る為に、息子の死体をキョンシーにしたのだ。

「そんなわけないでしょう！」

ダイシャが、悲鳴にも似た声で叫ぶ。

「……じゃあなんでそんなことするんだ！」

ユィランはひどい剣幕のダイシャに気圧《けお》されるが、それ以上の声量で叫び返した。

「こうして当然でしょう⁉　可愛い息子なのよ⁉　母親なら死んでも傍に置きたいと思うものでしょう⁉」

アガヒから身を護る為ではなく、可愛い息子をこのまま葬りたくないから、こうする。

死者への冒瀆《ぼうとく》だとか、倫理だとか、自然の摂理だとか、そんなことはどうでもいい。

ただ、愛しい息子が亡くなったことを受け入れられなくて、こうする。

「じゃあなんで……っ、ぼくのおとうさんとおかあさんを殺したんだ‼」

ユィランは怒鳴った。

自分の息子をそうして愛しいと思う気持ちがあるのに、どうして、殺した。

「だってアンタの両親はアタシの息子じゃないもの！」

「ユィラン！」

突発的にダイシャめがけて走るユィランを、アガヒが追う。

ダイシャの前に立つジンカが、ユィランに牙を剝く。

アガヒはユィランを腕に抱き、自分の腕をジンカに嚙ませた。

ジンカは、アガヒに喰《く》らいついたまま前のめりになり、アガヒごと石床に倒れこむ。

アガヒの肩を掴んだジンカは、がばりと上体だけを起こし、異様に尖った犬歯でアガヒの喉笛に喰らいつかんと口端が切れるほど大きく唇を開き……。

「アガヒ！」

開け放した観音扉から、ウラナケが飛びこんでくる。

ウラナケは、肩に担いでいたジャンの死体をジンカへ投げつけた。

「ジャン！」

シャオシャが叫び、息子であるジャンのもとへ駆け寄る。

「シャオシャ！　だめよ！　息を止めなさい！」

ダイシャが叫ぶ。

ジンカを生き返らせた道士はダイシャだ。

ダイシャだけが、ジンカに命令できる。

ダイシャは、ジンカに「虎狩りをせよ」と命じていた。

ジンカは、目的達成の為にアガヒへ直進する。

シャオシャは、できる限り息を止めて、時々、短い呼吸をしてやりすごしていたからジンカの標的にはならなかったが、こうして普通に息をしてしまえば、ジンカは、ジンカとアガヒの間に立つシャオシャを障害物と判断して、排除しようとする。

「ジンカ！　人間を襲いなさい！」

ダイシャは、虎狩りの命令を書いた半紙を火にくべて、古い命令を取り消す。祭壇で印を切り、己の血を混ぜた朱墨を指先にとると、新しい紙に新しい命令を朱書きする。

実に手早く、一連の動作に五秒とかかっていない。

さすが、長くこんな稼業に従事しているだけのことはある。

ダイシャは、この場にいる兎と虎と人間を区別して、ジンカに細かい命令を下す。

ところが、ジンカはその場に留まったまま、ぴくりとも動かなくなった。

「ジンカ！　その人間を襲うのよ！」

ウラナケの名を知らないダイシャは、この場に唯一存在する人間を殺せと命じる。

「ジンカ！」

何度も印を切り、何度も紙に書き、何度も命じるが、ジンカは動かない。

「……………さっきの、鳥の……声……」

その時、鳥の鳴き声が、ユィランの耳を打った。

トラツグミの鳴き声だ。

誰かが吹いた口笛かとも思ったけれど、その笛の音は宗廟内で反響して、女の鬼《ゆうれい》でも出てきそうなほど身の毛もよだつ音となる。耳を塞ぎ、その場に蹲《うずくま》って目を閉じたいのに、恐ろしさのあまり身動きもとれず、ただじっと鼓膜を打つその音を聞かされる。

探したくもないのに、ユィランの長い耳は音のありかを探して、音の出所を聞きつけ、そして、背後を見やった。

トラツグミの鳴き声は、人が死ぬ兆《きざ》しだ。

その音の持ち主は、色の白い顔に赤い唇を薄く持ち上げ、笑っていた。

「誰が人間だって言った？」

トラツグミの声で、ウラナケが鳴く。

頭は鱗《うろこ》のある東洋竜で、背が虎、胴体は狼《おおかみ》、前後の脚が牛の蹄《ひづめ》で、尾は狐《きつね》と蛇の二股。

そして、鳴き声はトラツグミ。

何度もユィランが耳にしていたこの鳴き声は、ウラナケの本性の鳴き声だ。

「ダイシャは血に呪《のろ》われろ」

ウラナケは、雅楽の音色にも似た声色で、禍々《まがまが》しい言葉を放つ。

「ねぇさま！」

「落ち着きなさい、妹々《メイメイ》。……たかが鵺《ぬえ》よ。それも、東の果ての国の、弓で射殺せる程度の、妖獣よ」

「でも、弓がないわ。それに、アレの言葉はすべて凶兆になる。わたしたちへ向けて、いま、呪いの言葉を吐いたわ」

「だからなに？　正体が分かればこちらのものよ。さぁジンカ、その鵺を殺しなさい！」

ダイシャの命を受け、ジンカはウラナケに突進する。

ウラナケは助走もなしに空を跳び、屋根を支える柱の一本に脚をつくと、ジンカの背後に回って飛びつき、押し倒す。

ウラナケは片目でアガヒの無事を確かめ、その腕の咬傷《こうしょう》を認めると、ダイシャとシャオシャ、そして足もとのジンカを睨《にら》み据えた。

天上界の調べにも匹敵する、可憐で繊細かつ畏怖《いふ》を与える声色で、だがしかし、いつものウラナケの口調で、「うちのアガヒになにしてくれてんだ!?　あ!?」と怒鳴る。

「……アガヒ、ウラナケがものすごく怒ってる……」

「ん？　あぁ」

アガヒは己の傷の具合を確かめ、ユィランを傍で守りながら頷く。

まるでこれがいつものことだと言わんばかりに、落ち着いた様子だ。

「アガヒ、うれしそう」

「こう、ぐっとくるよな」

高校生男子が好きな子に告白されたみたいな顔して、アガヒが笑う。

あのウラナケが、一方的な強さでアガヒを守り、アガヒを傷つけられたことに怒る。

あまり本性になりたがらないウラナケが、自分の為に怒ってくれる。

これほど分りやすいものはない。

ウラナケは、ジンカを前脚で蹴り転がし、アガヒから遠ざける。

一度でも床に倒れてしまうと、直進しか能のないジンカは、自力で立ち上がれない。

ウラナケは、蛇の尻尾を器用に使い、ジンカの額に貼られた符《ふだ》を剝がす。

途端、ジンカは方向転換して、ダイシャに向かった。

通常、符を剝がすと、キョンシーの命令系統は失われ、おとなしくなる。

ただし、術者以外が符を外した場合は、呪い返しとなって術者を襲う。

「いや、いやよ……いや……ジンカ、やめて……いや……」

次の符を貼れば命令系統は復活できるが、間に合わない。

ダイシャは、力加減を知らない息子に抱きしめられ、背骨を折られ、しまいには首に食いつかれて、事切れる。

術者の死んだジンカもまた、この世に留まる縁を失ってしまい、ただの屍《しかばね》へと戻る。

「……ねぇ、さま……？　ねぇさまっ、ねぇさま……！」

ジャンの遺体を抱きしめていたシャオシャは、姉の死を悲嘆したのも束《つか》の間、涙目で印を切り、自分の指を嚙んで流した血でジャンの額に呪令を認《したた》める。

姉と同じように、己の息子もキョンシーに仕立てようということらしい。

「シャオシャ、助けて欲しいか？」

ウラナケは、ジャンの額の朱文字を前脚で踏み消す。

「……ひっ」

「だが、ちょっと難しいなぁ」

シャオシャの怯えように、ウラナケが管弦楽器に似た甲高い声で嘲笑《あざわら》う。

アガヒを傷つける者は、何人たりとも許さない。

ユィランに見せないようシャオシャを祭壇の後ろへ引きずり、息の根を止める。

石床の溝にシャオシャの血が流れて、ユィランの膝まで届く。

「……ウラナケ」

アガヒがウラナケを呼ぶ。

途端、祭壇の向こうから人間の形をしたウラナケが顔を見せた。

「アガヒ！」

ウラナケは情けない声で二人に駆け寄り、アガヒに縋りつく。

「ウラナケ、すまん、助かった」

「……アガヒ、だいじょうぶ⁉」

「あぁ、問題ない」

「ほんとに、だいじょうぶ？　噛まれたんだろ？　アガヒもキョンシーになっちゃう？

童貞のおしっこかけたら大丈夫だっけ？　ユィラン、アガヒにかけてあげて」

「……ぼく、ご先祖様のお墓でおしっこするの……」

ユィランは戸惑いの声を上げるが、背に腹は代えられない。

「大丈夫だ……かけなくていい」

ちっちゃな手でパンツを下ろそうとするユィランを、アガヒが押し留めた。

ジンカに食い破られたコートとスーツの袖をユィランに見せる。

本来なら、腕の毛が見えるはずのそこに、鉄色の物体が覗く。

防御用の鉄甲だ。

これを装備していたから、ジンカの牙は肉に届かず、アガヒは無事だった。

「……アガヒが、……死んじゃう」

ウラナケは、ユィランとアガヒのそんなやりとりも耳に入らないらしい。

「死なない」

「ほら、ウラナケ、アガヒが死なないって言ってるよ。アガヒ元気だよ」

「……っ、アガヒ、死んじゃう……死んだらやだ……」

二人がかりで死なないと言っているのに、瞳を潤ませ、いまにも泣き出しそうだ。

「アガヒ、死なないで……俺のこと、遺して……死なないで……っ」

アガヒ、アガヒ、アガヒ。

ついには、子供みたいにアガヒに抱きついて泣き始めた。

ぜったいに助けてあげるから死なないで。

俺が守ってあげるから死なないで。

キョンシーになっても絶対に元に戻してあげるし、ずっと一緒に暮らすし、ちょっとくらいなら腐敗臭も我慢するから、俺のこと忘れないでずっと俺の傍にいて。

「あがひ、あがひ……っあがひ、ぃ……」

ひどい取り乱しようだ。

艶《あで》やかな女の幽霊なんてどこへやら、きれいな顔を涙でぼろぼろにして、さっきまでの鳴き声からは想像もつかないような普通の男の声で泣いて、力いっぱいアガヒの鬣を鷲摑みにして、両腕と懐にアガヒの頭を包みこみ、ぎゅうぅと抱きしめる。

アガヒは息苦しそうだけど、嬉しそうだ。

「さっきまであんなにかっこよかったのに……」

ユィランは呆気《あっけ》にとられる。

ウラナケは、常日頃から、「どちらかが死んでも遺されたほうは生きていく」とか「死んだらそれまでだ」とか「死ぬとしても、その時は俺の腕のなかで死ぬ為に、最後の力を振り絞って絶対に俺のところに帰ってくる」とか死に対してすごくドライなことを言っていた。だから、てっきり今回もそうだと思っていたのに……。

「しんじゃやだ〜〜〜」

「思った以上に号泣……」

「…………」

そんな感想を漏らすユィランの隣で、アガヒが苦笑している。

ぽんぽん、と肉球がふかふかの手でウラナケの頭を優しく叩く。

ひっ、ひっ……と啜《すす》り上げて、息苦しそうなウラナケの背を優しく撫でる。

いつまでもずっとウラナケの好きなように泣かせて、けっして無理に泣きやめとは言わず、ずっと、ずっと、ウラナケを抱きしめている。

「アガヒ、っ……っあが、ひっ……あぁ、ひっ、……ぅえ、っ……ぅう……」

喉が嗄《か》れるくらい、必死になってアガヒを呼んでいる。

叫びすぎて、途中で噎《む》せても、まだアガヒを呼ぶ。

「大丈夫だ、落ち着け」

何度も何度も、アガヒにそう言い聞かされて、頭を撫でられて、抱きしめられて、それでもまだぐちゃぐちゃの顔で「アガヒ」と呼ぶ。

長い時間かけてゆっくりアガヒに宥《なだ》められて、ぐずぐずと鼻を啜り、しまいには泣き疲れたのか、赤んぼみたいに、ぽけっと放心して、アガヒにしがみついて離れない。

「耳、触るか？」

「ぅう……」

心細げな顔で泣きながら、アガヒの耳をもみくちゃにする。

「……落ち着けそうか？」

「うぅう……」

まだだめ。

アガヒが無言で肉球を差し出してくるので、ぬいぐるみみたいなそれをむにむにする。

「どうだ？　落ち着いたか？」

「……うぅ、おち、っ、おちついた………おちつく……」

落ち着いたと言いながら、ちっとも落ち着きのない様子で、アガヒの頭を抱えて、ずっと無心で、もふもふ、もみもみ。

「あがひぃ……」

揉みながら、アガヒを呼ぶ。

「ウラナケはどうしてそんなに泣くの……？」

「え、なんで……？　なんでって……なんで？」

ユィランの、なんで？　に、ウラナケは「なんで？」と問い返す。

「なんで……って、だって……」

逆になんでと問われて、ユィランも返答に詰まる。

「だってこんなん泣いちゃう……、アガヒ死んじゃうのいやだし、怪我《けが》するようなヘマしたらアガヒ死んじゃうじゃん。アガヒ死んじゃったら悲しい……俺、アガヒのこと大好きなのに、……っ、ぅえ、ぅ、っひ……っ、ひっう、ぅぅ……ぁがひ、しんじゃやだ、置いてかないで……っ、あがひぃ……二度と怪我しないで……っ」

答えながらまた悲しくなってきたのか、アガヒを抱きしめる。

アガヒを失うことの恐怖は計り知れなくて、到底、耐えられるものではなくて、想像だけでもウラナケはおおいに取り乱し、号泣して、鼻水ずびずび。

「…………愛されてるね、アガヒ」

「お蔭さまで」

アガヒは満更でもない様子だ。

ウラナケはごちゃごちゃいろんなことを考えなくても、本能でちゃんと分かってる。

普段はアガヒに甘えてるだけ。

そしてたぶんちょっと、ウラナケは、大和撫子《なでしこ》で、大和男児だ。

なにをするにも恥じらいが大きいのだ。

だから、いざという時は、言葉じゃなくて、態度に出る。

「かわいいだろ」

おいおい泣くウラナケの頭を撫でて、アガヒが笑った。

＊

アガヒとウラナケは、最初から考えが統一されていたわけじゃない。

ウラナケにしてみれば、子供がご飯の為に体を売ることも、大人が仕事の為に体を許すことも、ぜんぶ同じ単なる労働でしかなかった。

でも、アガヒにとって、ご飯の為に体を売ることや、仕事の為に体を許すことは、本来どちらも等しく「してはいけない」という考えだった。

一緒に暮らし始めてから、こういう考えの違いがたくさん生まれた。

この感覚の違い、この差を埋める為に、ウラナケはなんでもかんでもアガヒに尋ねて、「アガヒが決めて」と言うことにした。

でもそれは、いざという時にアガヒに責任転嫁する為ではない。

「アガヒがそう言ったから俺はこうした！」

そんなふうに言い逃れして、自分の責任から逃げる為ではない。

ウラナケは、アガヒのいやがることをしたくなかった。

だから、ちっちゃい頃からなんでもかんでもアガヒに尋ねて、アガヒに確認して、アガヒに決めてもらっていた。

「俺、人外の特性顕著だし、いろんな動物の血も混じってるから、ガキの頃なんかそりゃもうひどいもんでさ……、しかもヒトっぽい生活したこともないし、本能だけで生きてきたから、もうめちゃくちゃだったんだ……」

「どんなふうに？」

「トイレットペーパーとかティッシュを嘴《くちばし》でつついて引っ張り出したり、クッションに穴開けて中綿《なかわた》引っ張り出したり、木くずとか拾ってきて家具の後ろに隠して溜めこんで、ちっちゃい巣を作ったり……、そういうのが好きでさぁ」

「……ほんとに動物みたいだね」

「な〜、ふわふわしてんのが特に好きだったから、アガヒの毛がいちばん被害受けてた。隙あらば毟《むし》って溜めこんでたし。……でさぁ、そういうのもぜんぶアガヒと生活するまで、みんな誰でもやってることだと思ってたんだよ」

「アガヒのお胸、たいへん……」

「そうそう。未だにアガヒの胸んとこ、毛の薄いとこあるし。……でも、アガヒと一緒に普通の生活始めてから、初めて、やっていいことと悪いことを教えてもらって、初めて、普通っぽくなった感じでさ……俺、いまだに、世間的に見ても常識的なとこが欠けてるから、やっぱりアガヒが頼りで、アガヒになんでも決めてもらいたくて……」

そう言いながら、ユィランの耳をいじる。

「そんなにふわふわ好きなの」

ウラナケは、手が暇をしている時、いつも、ユィランかアガヒの耳や肉球、尻尾を触っていた。

そうしていると、精神的に落ち着くのかもしれない。

「うん。ユィランも気に入ってるだろ？」

「………うん、ふぁふぁ」

アガヒのお胸に凭れかかると、ユィランのほっぺも弾む。

ふかふかの、ふぁふぁ。

この、ふかふかのふぁふぁが、ずっとウラナケを安心させてきた。

そしていま、ウラナケは、そのふぁふぁのふかふかを独り占めして、まだぐずっていた。

宗廟からの帰り道、べそべそぐずるウラナケを右の腕に抱き、アガヒが歩く。

ユィランは、アガヒにだっこされるウラナケにだっこされて、ずっと耳をもふもふされて、話し相手になっていた。

これでウラナケの心が落ち着くなら、今日、ぼくは兎のぬいぐるみになろう。

ユィランはそう誓った。

もう、朝陽の昇る時刻だ。

きらきら朝焼けが眩しい。

「ほら、ウラナケ、朝陽が昇ったよ、きれいだね」

「……うん」

手のかかる二十五歳は、五歳児にご機嫌を取ってもらう。

「アガヒに手甲を装備させて、キョンシー対策しようって言い出したのウラナケなんでしょ？　忘れてたの？　びっくりしちゃったの？」

「うん……。アガヒが怪我したかもって思ったら、……もう、考えるより先に体が動いてて……とにかく、アガヒ守んないと……って、頭いっぱいで……」

ウラナケは恥ずかしそうに俯き、アガヒの腕の毛を毟っている。

「でも、どうしてキョンシーのこと知ってたの？」

ウラナケがまた思い出し泣きしないように、ユィランは、休みなくいろんなことを尋ねた。

「クェイ家の廊下とか、池に架かる橋とか、なんか、曲がり角が多いのが目についてさ。……ほら、キョンシーは直進しかできないじゃん？　廊下とか橋が九の字型に折れ曲がってるのは、あれ、折れ曲がったところでキョンシーが地面とか池に落ちて、人の生きてるところまで来れないようにしてんだよ」

「そうなんだ。……ぼく、知らなかった……」

「ユィラン、自分の家のことぜんぜん知らないのな？」

「だって、ぼく、クェイのおうちに入ったのはたった一度だけで……、お庭なんて見せてもらえなかったし……ダイシャとシャオシャのしてたことも……」

「俺も最近まで知らなかった。……ほら、モリルから電話番号もらったじゃん？　あれ、道士組合の電話番号。橋とか廊下の件が気になったから、電話番号入手してもらってさ、ダイシャとシャオシャについて噂《うわさ》がないか教えてもらったんだ」

あの姉妹はモグリで、クェイ家の邪魔になる存在を呪い殺していた。

クェイ家の製薬会社は、そうしてライバルを蹴散らして、大きくなったのだ。

「……けっきょく、みんな殺しちゃったね……」

「殺したほうが安心じゃん。ユィランはいやだった？」

「……うぅん」

ふる、と首を横にして、ユィランはウラナケに抱きつく。

「だいじょうぶ。もうこわくない。あとのことはぜんぶ俺とアガヒに任せればいいよ」

ウラナケは、懐で丸くなる仔兎を抱きしめて、耳と耳の間に唇を落とした。

＊

夜通し起きていたユィランは、帰り道で眠ってしまった。

自宅に帰ってきて、ユィランを寝室の隣の部屋へ寝かせると、もうすっかり涙の引っこんだウラナケは、アガヒを寝室へ引っ張りこみ、ベッドに突き飛ばした。

「辛抱の限界か？」

「……っ、は……っふ、ンぁ……ぅ」

アガヒに覆いかぶさり、唇を重ねる。

服を脱ぐのもまどろっこしく、ボタンを飛ばしてアガヒの服を剝き、その立派な毛並みの密集する胸に両手をついて押し倒す。

長い足を開いてアガヒの腹に跨《また》がり、アガヒの臍《へそ》あたりに陰部を押しつけて腰を揺らし、陰茎に尻の穴を押し当てて挑発しながら、後ろ手でアガヒのベルトに指をかける。

「んー……っ」

我慢できない。

ベルトとジッパーに手こずる間に我慢の限界がきて、がばりとアガヒの胸に倒れこみ、アガヒの両頰を押し包んで、たっぷりとキスをする。

まずは、その口吻の先端。

ちゅっちゅ。啄《ついば》んで、嚙んで、吸う。

湿ってほんのり冷たいアガヒのそこがじわりと熱を持つくらい、長い時間かけて、いつまでもずっと、はぐっ、ぁぐ。

お返しとばかりにアガヒが大きな口をがばりと開いて、ウラナケの顔ぜんぶを咥えるように噛む。

「ん、っふ……ぁ、ぅ」

よだれを飲み干すのさえもどかしく、アガヒの頰を包む手にも力が入る。

「ウラナケ、いたい」

「やだ」

虎髭を強く摑みすぎて、アガヒが痛いと笑う。

笑うその顔が可愛くて、口端の柔らかいところを噛んで口を開けさせ、牙を舐める。

この牙で、いつも、ウラナケのうなじをぼろぼろにしてくれる。

いっぱい、いっぱい、発情させてくれる。

この牙を使って、ウラナケの体がアガヒの縄張りだと示す。

でっかい虎猫がすり寄ってきてマーキングしてくるから、頰の毛と虎髭を、指と指の間で弄《まさぐ》る。指の側面の薄い皮膚で感じる、そのくすぐったさにすら感じてしまい、いつまでもずっとアガヒを触っている。

「ぁあ、ひ……あー……、ひ」

顎が怠くなってもキスがやめられない。

薄く口を開いたままアガヒを呼ばわり、キスしろとねだる。

そしたら、アガヒの舌が入りこんできて、ぐるりとぜんぶを舐めてくれる。

ざらりとした刺激が、頬の内側の粘膜から腰骨に直結して、響く。

奥歯の向こう、下顎の骨や歯肉を揉むように優しく愛撫される。

薄いくせに熱い舌。長くて、大きくて、器用な舌で、下顎の隙間に溢れて溜まった唾液を、水でも飲むように掬《すく》い上げ、飲んでくれる。

「……ぁ、ふ……っんぁ、ふ……っ、ぅえ、げふっ……」

喉の奥によだれが流れて、噎せる。

「溺《おぼ》れるなよ」

「たすけて」

溺れたら、たすけて。

どうしよう。まだ溺れてないのに、もう溺れたみたい。

キスしてもキスしても足りなくて、アガヒの腹に寝転がって、アガヒの耳も、頭も、腕のなかに抱えこむ。

夜にしか啼かない鳥が、大きな羽をめいっぱい広げて、その内側に大事なものを囲って、宝物を隠すみたいに、両翼で抱きしめる。

そうして逃がさないようにしてから、唇を貪《むさぼ》る。

かつかつ、歯が当たる。

マズルが邪魔。ウラナケはアガヒの口吻を鼻先で押しやり、顔を斜めにして、がぶがぶ。ちゅっちゅ。小鳥みたいにアガヒを啄み、唇がずっと気持ちいいキスに夢中になる。

その間に、アガヒが自分でベルトを外し、ジッパーをおろす。

「ウラナケ、腰を上げろ」

「ん、ぁ、んー……、っ、ん……っあ、がひ、あがひ……っ」

キスするのに必死で聞いていない。

アガヒは、ちっとも協力的じゃないウラナケのズボンと下着を四苦八苦して脱がす。

下着の裏側はねとりと糸を引き、たっぷりと射精していた。

「いつ、どのタイミングだ？」

「んー……っ」

苦笑するアガヒの下がり眉が可愛くて、ウラナケは頬ずりする。

いつ射精したかも分からないウラナケのそこは、もうすっかり勃《た》ち上がっていた。

「ちゃんと硬くなってるな」

「ん、かたぃ、……ふにゃって、ない」

後ろでイくことを知っているウラナケの体は、勃起が甘い。

だが、今日はわりとしっかり男の子だ。

ウラナケにしては、よく勃起している。

「アガヒ、挿れて……」

しっかり男の子だけど、後ろのほうがいい。

「前は？　触って欲しいだろ？」

二人の腹の間に腕を差しこみ、ウラナケの陰茎を優しく握る。臍に当たるほどの勃起ではないけれど、半透明の滴をじゅわりと滲ませ、アガヒの存在そのものに発情していることを、体のぜんぶで伝えてくれる。

「そっち、さわんなくてぃぃ」

「たまにはちゃんと出しておけ」

大きな手でウラナケのペニスを握ると、手のなかに隠れてしまう。

「っん、ふは……オナホみたい……」

肉球の段差と弾力。絶妙な力加減。指の肉感。じわりと自然なあたたかさ。

ぎこちない腰つきでウラナケは腰を揺すり、アガヒの手をめがけて抜き差しする。

ぬめった音が不規則に続く。

普段から抱かれる側のウラナケは、こういう、抱く側の動きが苦手だ。

前を使っているはずなのに、後ろがひくつく。

「あがひぃ……」

はっ、はっ。大急ぎで走ってきた犬みたいな息遣いで舌を出し、情けない声を上げる。

前だけじゃイけない。

アガヒがほしい。

「あがひ、っ、あがひ、ほしい……」

「もうすこしがんばれ」

「やだ、あがひ、あがひがいぃ、アガヒでっ、きもちいいのがしたい……」

「ほら、ナカを締めてもイけないぞ。腰を使ってオスでイって見せろ」

「あがひ、たすけて……あがひ、っ……あがひ……おれ、もうおかしくなる……腹んなかぐるぐるして……っ、も、むり、たすけて、あがひ……」

アガヒ。

名前を呼べばすべて救済されると信じているから、名前を呼ぶ。

「あとでな」

こんなにウラナケが焦れているのに、アガヒは落ち着いている。

いつもなら、アガヒのほうが切羽詰まってウラナケに突っこんで腰を振るのに、今日ばかりはウラナケが止まらない。

本性になったあとのウラナケは、いつもこうだ。

人外のサガか、鵺に化けたあとのウラナケは、理性の箍が外れる。

自制できなくなる。本能が優位に立つ。ひどい発情期に入る。

本能ばかりが先走って、普段なら言わないことをいっぱい口走って、馬鹿みたいにアガヒを求めて、アガヒから離れられなくなって、アガヒで頭がいっぱいになって、ずっとアガヒと繋がっていたいだけの生き物になる。

だから、ウラナケは本性になるのがあんまり好きじゃない。

ただでさえなんにも考えていない頭が、アガヒのことしか考えないバカになる。

でも、アガヒはそういうウラナケも好きだと言ってくれる。

普段、交尾している時のウラナケは普通の男、体力勝負の運動みたいなセックスをするけれど、本性になったあとは、最初から薬でもキメてるみたいに乱れる。

ぐちゃぐちゃに鳴いて、どろどろにとろけて、惚《ほう》けた表情でアガヒを気持ち良くする為だけの肉になって、よく通る声で、ひっきりなしに喘ぐ。

甘えたの獣に成り下がって、本能に忠実な生き物に戻って、我欲に突っ走って、アガヒに種付けしてもらう為だけに生きる肉になる。

普段のウラナケからは想像もできない一面を垣間見ることができる。

それに、欲にも素直になるから、なんでも正直にアガヒにねだる。

いつもはアガヒがもよおした時に「しょーがないなぁ」とウラナケが尻を貸す感じだけれども、この時ばかりは、「ちょうだい、はやく、よこせ、……はやく！」とアガヒに乗っかって腰を振り、自分から欲しがる。

久々の我儘《わがまま》いっぱいのおねだりに、アガヒの胸も弾むというものだ。

「いい声で鳴けば鳴くほど、いい思いをさせてやるぞ」

ウラナケの言動のひとつひとつに煽られて、アガヒの股間もひどく痛む。

「あがひ、なに、してんの……」

まだキスしかしていないのに、とろとろにとろけた声でアガヒを呼ぶ。

「痛くないようにしてる」

ウラナケの先走りや精液で粘つく指で、そうっと尻の穴を撫でる。

両手でウラナケの尻の肉を持ち上げて左右へ開き、肉を揉む。

かたい筋肉の尻は、アガヒがちょっと揉むとふわりとゆるみ、やわらかく弾む。

ただそれだけで絹のようにすべらかな肌は汗ばみ、アガヒの手に吸いつく。

「んっ、んっ、ぁ……っんン」

ウラナケは腰を前後して、アガヒと自分のペニスを触れ合わせる。

ふっくらとした会陰と固く張りつめた陰嚢でアガヒの一物を包むように挟み、外側から前立腺を刺激して、自慰の真似事《まねごと》に耽《ふけ》る。

無意識で、やらしいことをする。

どっしりとした質量のペニスが、ウラナケの下腹を刺激するほど震えて、血管を脈打たせ、会陰から腸壁を刺激し、ウラナケのメスの部分を切なくさせる。

「アガヒ……」

甘えた視線で欲しいとねだるのに、アガヒはくれない。

「まだだめだ」

一本で人間の指三本以上あるそれで、括約筋に触れる。

アガヒが力を入れなくても、発情して綻《ほころ》んだ肉は、やすやすと飲みこんでいく。

陰茎を咥えこむのと同じ要領でウラナケの腰が落ちて、骨盤が倒れる。オスに激しく摩擦されることを待ち望む肉は、指を食い締め、オスを喜ばせる動きをする。

「健気なもんだな」

この体はもういつでもアガヒを受け入れられるのだと、控えめに、淫《みだ》らに、伝えてくる。

「アガヒ、こんなのいやだ……っ、あがひ……」

アガヒは、まるで処女でも抱くみたいにしてくる。

もう挿れて欲しい、いつもならもう挿れてくれている。

挿れてくれないなら、自分で挿れたい。

なのに、アガヒに腰をしっかり抱かれて、動けない。

尻穴を穿《ほじく》られては肉をうねらせ、尻穴を窄めて奥へ誘い、目視では分からないくらいのわずかな動きで腰を揺するのが精一杯。

でも、そんなの物足りない。

「おれ、こんなの……だめ、むり……」

「……これからもっとだめにしてやる」

こんなに発情しきった顔してアガヒを欲しがるのだ。

もっと、もっと、もっと愛して、だめにしてやる。

「初夜じゃない、っン、……だから、……こんなの、やだ」

「俺は毎回初夜のつもりで抱いている」

「……っ、初夜のひと、は……結腸にハメない……っ」

「でも、あの日、お前は受け入れてくれた」

「それ、は……ちゃんと、二人で、練習したから……」

十年も前と同じ感覚で俺を抱かないで。

そんなことされたら、おかしくなる。

これじゃまるで、片想い同士が両想いになって初めての交尾みたいだ。

欲しいのに欲しいと伝えても上手に伝えられなくて、ぜんぶが初めてで、ひとつひとつが手探りで、もっと欲しいのに欲しいと伝えるのは恥ずかしくて……。

「……あのときと、同じふうに抱かれたら……おれ、っ」

「うん？」

「いっぱいになって、泣く……」

幸せで、心が満たされて、腹のなかはあったかくて、胸はいっぱいで、泣いてしまう。

もう二十五歳なのに、また、泣いてしまう。

じれったくて、きもちよくて、わけわかんなくなって、いっぱいあふれる。

「もう泣きそうだな」

「分かってんなら、いれて……も、ゆび……やだ、……ほら、見て……俺のここ、もう、こんなになってんのに……」

「もうすこし」

指の数を増やし、のたうつ尻や腰を押さえこむ。

「ひどぃ……」

「ひどい男ですまん」

「……ぁっ、ぅ……ぁ　っンぁ、あぉ……」

さっきまで甘ったるい我儘を訴えていた声が、くぐもった喘ぎ声に変わる。

啜り泣き混じりの、発情期のトラツグミの声だ。

もうすっかり盛りがついていて、早く欲しくてたまらなくて、焦れて、「ほしい、あがひ、……ほしいって俺ずっと言ってる……っアガヒ、欲しい……おれ、っもう欲しい……あがひ、ほしい……っ」と、ずっと同じことを繰り返す。

ぐずぐずと泣きが入って、アガヒの胸の毛を掴んで縋る。

「我慢できていい子だな」

「してない、っ……してな、ぃ……っしたくない」

我慢なんかしたくない。してない。アガヒがくれないだけ。

「早く、……アガヒとしたい」

「もうしてるだろ？」

「……い、いじわる……っ」

下準備をされている。交尾の為の準備をさせられている。

ただそれだけなのに、イくのがとまらない。

イきながら、次にイく為の準備をさせられている。

「たすけ……っ、あがひ……っ」

挿入されずに、肉球で腹の表面から精嚢を圧迫されて、女みたいにイく。

小さな波が一瞬きたが、アガヒでイきたいウラナケは、それをできるだけ遠くへ追いやり、受け入れを拒む。

「悪い子だ」

「……だ、って」

「お前はメスと同じ方法でちゃんと気持ち良くなれるだろう？」

「……いやだ」

「ウラナケ、上手にできたら抱いてやる。できるな？」

「うん……」

「じゃあ、もう一度だ」

「おっ、あ」

腹の皮を陰茎で強く圧迫されて、それでまた空イキする。

今度はちゃんとその気持ち良さを受け入れる。

頭を空っぽにして、ゆっくり深呼吸して、じわじわとウラナケを追い上げるものを感じると、それだけを追いかける。

イき始めると、自力で姿勢を保てず、わけも分からず乱れ、腰や背中が痛くなるから、暴れないようにアガヒに腰を抱いてもらう。

ゆっくり、ゆっくり、アガヒの口づけで呼吸をコントロールしてもらって、目を閉じて、腹に当たる陰茎を、オスの子宮のある場所に押し当ててもらって……。

「ぅ、うぅ、……っう、ぅー……ぁ、ぁー……」

唸る声に合わせて、腰が跳ねる。

全身を強張《こわば》らせるウラナケに負担がかからぬよう、アガヒの腕が、上手によそへ緊張を逃がしてくれる。尻のなかに指を咥えたまま、勝手に締まったり、ゆるんだり……、感じるに任せてそれを繰り返し、しまいには、ゆるみっぱなしになる。

ゆるんで無抵抗の体になったら、もう、気持ちいいのを追いかけなくても、向こうから勝手にやってきて、ウラナケを夢中にさせる。

殺気立ったメス猫みたいに盛り、絶頂の波間に呼吸を整え、肩で息をして、間断ない喜びに打ち震える。すると、アガヒが、「上手だ」と褒めてくれるから、また、「ぁ、っ……んっ……ぅーぅう、ぅ、ぅう……ぁ、ぅー……」とイく。

「さっきより長くなりそうだな」

下腹がうねるのが、アガヒの陰茎にも伝わる。

腹の波が大きくなったり、小さくなったりと忙《せわ》しない。

下腹のうねりが穏やかになると、ウラナケはかすかな吐息を漏らし、熱にうるんだ瞳で不規則に体を震わせ、「あ、だめ……また、くる……あがひ、くる……」と指先を戦慄かせて、メスらしく色づいた痴態をアガヒに披露する。

二度目のそれは長くて、大きくイったあとは、小さく身悶《みもだ》え続ける。

中途半端な絶頂で、痙攣と弛緩を繰り返す。

体の反応に頭が追いついておらず、ふにゃふにゃの赤ん坊みたいに笑う。

呂律の回らない舌で、「はなして、だめ、……むり、はなして、こわい……こわぃ、また、くる、あがひ、また、まっしろになる……、やだ……はなさないで……落ちる、……アガヒ、……つかまえてて……」と譫言を漏らしながら、イく。

アガヒが腰を撫でた瞬間、何気なく自分で息を吸った瞬間、アガヒの鬣が額に触れた瞬間、アガヒの吐いた息が二の腕に触れた瞬間。

なにもかもにスイッチが入って、イって、イき続ける。

「……も、ちゃんと、イきたい……うしろで、イきたい」

ぐったりと力尽きて、ふわふわとした心地のまま、無意識でねだる。

「発情を長引かせるとつらいだろう？　落ち着くまではこれで我慢しろ」

「どっちも、つらぃ……きもちぃぃの、こまる、……たすけて」

「先にたくさんこうしておかないと、……な？」

「なんでも、いぃ……あがひ、……アガヒ、アガヒが、ぃい」

「なら、俺に任せておけ」

「……いや、っ……あがひ、アガヒが、いい」

「ウラナケ」

「あがひ、……あがひ」

名前を呼びながら、ぽたぽた、ペニスから先走りを漏らす。

名前を呼ぶだけで興奮して、発情して、アガヒの毛皮を濡らす。

「あとで、腰や背中が痛いと泣くのはお前だ」

「いぃ、……だいじょうぶ」

「また寝こむ破目になるぞ？　明日つらいのはいやだろう？」

「ぃい、明日つらくなるのして……」

アガヒの手を取り、肉球に唇を落とす。

アガヒでイキたい。

アガヒがいい。

「アガヒと繋がりたい」

「息を吸って、吐いて、……繰り返す」

「ん……ふ、……っは、ふ……っ」

アガヒの言うままに、する。

そしたら、アガヒからキスをくれる
まず、左の口端の黒子《ほくろ》。それから、唇。

ウラナケの顔半分を隠すくらいの甘噛みが、アガヒのキス。

「ぁ、ふ……っん、……キス、きもちぃい、……あがひのくち、でっかいの、きもちいぃ
……っ、……っおぁ、あっ」

キスしていたら、入ってきた。

やっと、欲しいのもらえた。

外側からたくさん感じていたオスが、やっと内側に入ってきた。

大事なものが、あるべきところにぴったり収まっていく。

その感覚がたまらなくウラナケを満たす。

「……アガヒ」

アガヒの名前を繰り返し呼んで、逞《たくま》しい背に腕を回した。

＊

一瞬、頭が真っ白になって目を醒ましたら、アガヒが覆いかぶさっていた。

ウラナケはクッションをいっぱい敷き詰めたベッドヘッドに背中を預け、正常位の恰好でアガヒに腰を抱えられている。

ウラナケが楽なように、アガヒがこうしてくれたのだろう。

背中の真ん中あたりから下は浮いていて、アガヒの太腿に乗せられている。

アガヒのちくちくした短い毛がウラナケの尻に当たる。

でも、それがくすぐったくないのは、ウラナケが吹いた潮や精液で、じっとりと濡れているからだ。

「……あがひ」

「あぁ、起きたか？」

「ん……ぅ」

のそりと大きな体が前にきて、ウラナケの唇を吸う。

「ちょっとは落ち着いたか？」

「……アガヒが言うと、そんな気が、する……」

持て余し気味の衝動が、穏やかな暴走程度には落ち着いた気がする。

でも、こうしてアガヒの唇を味わううちに、燻《くすぶ》っていた熱が腹の底で再燃して、我慢しきれず、がぷっ、とアガヒの喉仏を噛む。

「それはなんのおねだりだ？」

「よだれほしい」

ぁー。でっかい口を開けて、がぷっ。

アガヒのマズルの先に噛みついて、舌を出す。

「ちょっと待ってろ」

アガヒが、もごりと口のなかで舌を動かす。

「ひゃやう」

早く。

餌《えさ》を待つ雛鳥《ひなどり》のように、口を開く。舌を出して待っていると、ウラナケの口もとの黒子をひと舐めしてから舌を絡めてくれる。

ウラナケは、その舌先を絡めとり、口中へ招き入れ、ちゅう、と音を立てて、アガヒの舌の上に溜められた唾液を啜る。

あまくておいしい。

目を閉じて、こくこくと喉を鳴らして味わう。

口のなかいっぱいのアガヒの味と舌に、腰が震える。

ウラナケは、両手でアガヒの後ろ頭を抱こうと腕を持ち上げ、途中で気が変わって、その腕をアガヒの尻に回して、揉む。

「気が早いな」

「はやく」

アガヒは馴染むまで待つつもりだろうけど、待てない。

ウラナケは、アガヒの尻を摑んで持ち上げ、ぐっと自分のほうへ押しつける。

ちょっとでもアガヒを感じる為に、自分から陰茎を尻に嵌めこむ。

小さい頃から、閨事《ねやごと》にかんしてはアガヒに甘やかされてきたから、基本的にウラナケは我慢を知らない。

ただでさえ我慢できない子なのだから、発情してしまったら、もっと我慢できない。

本能のまま、欲しがる。

「もう、待つのやだ……もっと、はやく……っ、たくさん」

「もうすこし慣らしてから。……こら、ウラナケ痛い、引っ張るのはナシだ」

背中の毛を引っ張られ、毟られる。

必死すぎて力加減ができていない。ほんのちょっとの痛みも、むず痒いだけの小さな抵抗も、なにをされても小鳥に啄まれているようで、かわいい。

美しい二本の腕でアガヒを抱きしめ、求愛する、健気で愛らしいアガヒの鳥だ。

「あがひ、あぁっ、ひ……あが、っひ……」

馬鹿のひとつ覚えみたいに、アガヒの名を唄う。

早く動いて、強く擦って、深く入れて、抉って、突いて。

そういうことを、もっといろんなふうにねだりたいのに、声になるのは、アガヒ。

ウラナケの求愛行動はいつも、アガヒ。

それだけでも充分に伝わるのか、ゆっくりとアガヒが動き始める。

前立腺に当たっていた雁首が、すこしずつ、慎重に、十三年の間にもうすっかり出来上がった道を開いて、奥へ潜りこむ。

「ぁー……」

「大丈夫か？」

「ん、ぁ……ぅ……ん、はいってく……きもち、ぃい……」

アガヒに腰を摑んで支えてもらう。

自分の体を支えることはアガヒに任せて、アガヒの入っている腹を自分の両手で圧迫し、気持ち良くなることだけをする。

すっきりと引き締まった腹をうっすらと陰茎の形に膨らませ、その膨らみの方向へ向けて、腹の上から自分の精嚢を強めに押し潰す。

そうすると、腹のなかぜんぶに快感が伝わるから、ウラナケは、いま、まさに気持ち良くなっている自分の下腹部をじっと見つめ、うっとりと口端をゆるめる。

「はら、きもひ、いい……あ、ぁひ……なか、きもち、いぃ……」

「俺も気持ちいい」

「……ん、っ、ぅ」

アガヒの唇が、胸もとに触れる。

ちょうど、心臓の位置。

アガヒの口吻から温かさが伝わってきて、きゅうと胸が切なくなり、肺や心臓、関節の付け根が甘く痺れ、腹の内側までそれが響く。

「……っは、ぁ、ぅ……っあ、が、ひ……あがひ……っ」

アガヒが動くから、ウラナケは両手でずっとアガヒの後ろ頭を撫でる。

ふかふかだけど、肌に近い部分は湿っていて、熱い。

指をそろえて、うなじから肩甲骨、背骨に沿って撫で下ろす。

肩の筋肉の盛り上がりで指がバラける。

ふかふかに指が埋もれると、水掻きのあたりがくすぐったくて、きもちいい。

「ん、っ……っ、ん、ンぅ……っ……ぅ」

繋がったまま、ゆるゆると奥のほうだけを揺らされる。

奥に甘い重さを感じるたび、喉の奥から低めの音が漏れ出る。

もっと激しくして欲しい。がむしゃらに、ガツガツ掘って欲しい。

でも、これもきもちいい。

きもちいい、きもちいい、そればっかりで、それがたくさん欲しい。

だから、それをたくさん与えてくれるこのオスは、とてもきもちいい。

「あがひ、きもちいぃ」

だから、きもちいいと伝える。

きもちいいは、しあわせだ。

アガヒも同じだとうれしい。

同じだと嬉しいと思っておきながら、アガヒも同じ気持ちだって自信をもって言える。

「ウラナケ、っ……」

余裕のないアガヒが、精一杯、紳士的に振る舞おうとしている。

「アガヒのきもちいいとこ、ぜんぶ挿れて」

さっき散々いじわるされた仕返しに、優しく結腸の向こうに挿れてと囁く。

そうしたら、優しく、優しく、アガヒのオスがそこに触れてくる。

結腸は最初からちょっとゆるみがちだから、アガヒの出した先走りや精液がいっぱい奥へ流れこんでいて、腹のなかは、ぢゃぽぢゃぽ鳴って、よく濡れている。

結腸口の窄まりから、そのぬめりがじわじわと滲むのを塞ぐように、アガヒのペニスが触れる。そこから、だらしなく垂れ流しているのが、きっと、アガヒの鈴口にも伝わってるはずだ。

でも、アガヒももうずっと中で出しっぱなしだから、分からないかもしれない。

「この体勢だときついか?」

「このままがいい。アガヒの顔見ながらしたい」

「ちょっと苦しいぞ」

「だいじょうぶ、……あがひ、俺のきもちよくなる顔、見てて」

「あぁ」

アガヒが優しく笑って、まっすぐ瞳を見つめてくれる。

「……、っん、……いぃ、よ……、そのまま、そこ……挿れて……」

アガヒは、ウラナケに体重をかけぬよう寝台に腕をつき、ウラナケの右足を肩に担いで、下半身をすこしねじる。

でも、顔だけは正面を向いて、ウラナケと鼻先をくっつける。

マズルの分だけちょっと唇が遠くなるけど、ウラナケは、アガヒの湿ったそこに自分の鼻先をくっつけて、後ろ頭を掻き抱く。

「……あがひ」

「ほら、ちゃんとお前のこと見てる」

「ん、見てて……っ」

俺のすごくしあわせになるとこ、見てて。

そのきらきらのおっきな瞳で、見てて。

「吸いついてくる」

「……ん、ぁ」

早く欲しいと、直腸の奥にある入口がアガヒのペニスに吸いつく。

恥ずかしいくらいあからさまに、アガヒを欲しがる動きをする。

「上手に気持ち良くなれてる、えらいな」

「あたってる、おくの、そこ……きもちいい、なか、はいってきて……すぐ入るから」

アガヒをもっと欲しくて、子宮が下がって、子宮口も開いてるから。

子供は作ってあげられないけど、ここで気持ち良くなって。

「苦しくないか?」

「ない。きもちいい。……おねがい、もっと入ってきて」

「ゆっくりな」

「おねがい、はやく……っ、俺の子宮、使って……」

アガヒの為に、使いたい。

はやく、つかいたい。

「顔をよく見せろ」

「ぁ、ぅ……」

睫毛《まつげ》の触れ合う距離で見つめ合う。

アガヒで気持ち良くなっているところ、しあわせになっているところ、瞬《まばた》きもせずに見られている。見つめられているだけでしあわせで、まだ奥に嵌まってないのに達する。

アガヒが俺のことだけ見てる。

その事実だけで、足の爪先から脳味噌《のうみそ》の端まで快感が駆け上がる。

好きという感情だけで潮まで吹いて、壊れた蛇口みたいになる。

ずっとイってる。

アガヒが好きって本能だけで、生きてる。

頭のなかも、体も、心も、ぜんぶどろどろ。

なんにも考えられない、アガヒに気持ち良くしてもらうだけの生き物になる。

「……ぅ、あ」

奥の薄い膜を捩《ね》じるようにして、ペニスが狭いところを越える。

越えた瞬間に、ぬるりと滑りこみ、ぴったりハマる。

半分も入っていなかった陰茎が、結腸を抜けてようやくぜんぶ収まる。

根元まできっちりくっつくと、もう離れられない。

これからアガヒの亀頭球が膨らんで、がっちりロック状態に入る。

そしたら、一時間でも、二時間でも、ずっとこのままだ。

膨らんで、抜けなくなる。

そのままの状態で、なかの肉を捏《こ》ね回され、前立腺を潰され、ゆるゆると緩慢な動作で腹の底を揺すられると、ひっきりなしに声が出る。

「んっ、ぁ……ぅ……あ、がひ、……あがひ、ぁ、がひ、ぃ……」

もっと強く、きつく、めちゃくちゃに、アガヒの好きなようにして。

こんなぬるま湯、せつない。

「今日は優しくしたい」

「あっ、ぅぁ……っあー……」

結腸に雁首を引っかけたまま、入口まで粘膜を引きずり出され、長い時間をかけてまたゆっくりと押し戻される。

ゆるんだ粘膜がアガヒの動きに合わせてくっついて、アガヒを放さない。

それがあんまりにも気持ち良くて、ウラナケは意味もなく足先や指先をバタつかせ、なんでもいいから、蹴るものや、縋るもの、摑むものを探す。

アガヒの太い腕を探り当てた右手で、力なく爪を立て、固い筋肉に爪が弾かれる。

「ぁ、がひ、っ……つかむの、なんか、つかむの、ほしい……落ちる……」

「落ちたらまた拾ってやる」

ウラナケの両手を自分の首へと誘い、そこへ縋らせる。

「……おちる」

指先に力の入らないウラナケは譫言を漏らす。

「落ちたら拾ってやるし、落ちる前に抱いてやる」

アガヒがそう答えると、落ち着く。

落ち着いたら、アガヒは動きを速めて、ウラナケが気持ち良くなるところを撫で擦る。

ウラナケはどこでも気持ち良くなれるけれど、棘のついた陰茎で、尾てい骨に沿うように肉筒全体を押さえつけて穿《うが》つと、メス犬みたいに喜ぶ。

砂糖菓子みたいに、表情をとろけさせる。

反り返った先端を使い、臍のほうへ押しこむように突けば、甘えてぐずる赤ん坊みたいに、ひっきりなしに可愛い声を聴かせてくれる。

奥に嵌めこんで胎の底だけを揺さぶると、ぅーぅー唸って、そのうち声もなくなって、びくびく大きく痙攣して、かと思えば小刻みに痙攣して、意味もなく、声もなく、静かに暴れるから押さえこんでイかせて、腕のなかにぎゅうと閉じこめる。

「……あ、れ？　……あがひ……も、出して、る……？」

「あぁ、出してる」

いつもより一段と低い声で、気持ち良さそうにアガヒが答える。

ウラナケの胎にいっぱい射精して、うるうる、喉の奥で唸る。

「瘤《こぶ》のとこ、膨らんでる？」

「まだもうちょっと膨らむ。痛いか？」

「だい、じょぶ……ずっと、イってるから、痛いの、わかんない……」

ずっときもちいいだけ。

前立腺も、精嚢も、膀胱も、子宮も、その奥も、質量のあるそれに圧迫されて、満たされて、ぎゅうぎゅう詰めで、きもちいい。

「なぁ、ウラナケ……」

「なに？　俺、また漏らしてる……？」

「漏らしているには漏らしているが……」

「そうなんだ？　ごめん、感覚ない……腰、ぐにゃぐにゃ……」

アガヒの腕に囲われて、すっかり骨抜きの生き物になる。

アガヒの温かさや息遣いに安堵《あんど》して、気持ち良さに翻弄されて、頭のなかはアガヒのことでいっぱいで、アガヒにだけ開く体は、とろとろにゆるむ。

ふわふわの虎の毛皮に包まれて、膨らんでいく自分の胎を抱える。

「……ウラナケ、俺は優しくできてるか？」

「しつこいくらいやさしい」

発情期で性衝動が混乱している鵺にこんな優しい交尾するなんて、アガヒはひどい。

こんなことされたら、ウラナケはしあわせだ。

＊

ウラナケはいつも正直だ。

アガヒのことを想うだけで、心も体も開く。

アガヒが抱くと、ずっと気持ちいいのが終わらないと体で教えてくれる。

こんなにも正直な体をずっと抱いているのだ。

言葉がなくても、アガヒは、どれだけ自分がウラナケに想われているか分かる。

「……あがひ」

けほっ、と空咳をして、ウラナケが呼ぶ。

たくさん声を上げて啼いたせいか、喉が嗄れていた。

「どうした？」

「も、朝……？」

アガヒの懐に背を預け、アガヒの右腕を枕《まくら》にして、左腕を胸の前で抱きかかえる。

真っ暗の寝室に、獣の瞳が二対だけ光る。

「まだ夜中の……いや、もう四時前だな」

時計を確認したアガヒは、くぁ、と牙を剝いて欠伸をし、懐深くにウラナケを抱き直す。

「ユィランは？」

「さっき一度トイレに起きてきたが、いまはもう寝ている」

「隣？　泣いてない……？」

「あぁ、泣いてない」

「……ん、そっか、よかった……」

「こっちで寝るか？　……とユィランに尋ねたんだが……」

「……？」

「つがいの巣穴はやらしい匂いがするからいやだと断られてしまった」

「……シーツ替えてから、こっち連れてきて。ユィランも一緒に寝る」

「分かった。ユィランが次に目を醒ますまでにそうしよう」

「うん」

アガヒの腕の毛並みに逆らって頬ずりする。

たぶん、俺ちょっと寝惚《ねぼ》けてるなぁ……なんて自己分析して、アガヒに甘える。

自分たちの家でアガヒとこうしている時が、すごく愛しい。

ほんと、アガヒに甘えきってるなぁ……って思う。

「……もうすこし寝ろ。朝食は俺が作る」

「洗濯も？」

「もちろんしよう」

「朝ご飯は和食がいい」

「がんばろう」

愛するつがいの為に、この大きな手で、出汁《だし》巻き卵や味噌汁を作ろう。

「……あがひ」

「うん？」

眠気を誘うような優しい声で、つむじに唇を落とす。

「ケツに入ってんの、なに？」

「…………もうしないから、このままでいていいか？」

「いいよ」

くすくす。まだ元気なアガヒの一物に、ウラナケがはにかむ。

そしたらちょっと締めてしまったみたいで、アガヒが頭上で唸った。

「……ウラナケ、これじゃあお前を寝かせてやれない」

「今日は朝寝坊しよう。ユィランのご飯も……冷蔵庫になんかあっただろ？」

「あるにはあるが……」

「アガヒ」

「次はなんだ？」

「俺とのセックス、気持ち良かった？」

「すごく良かった」

「……俺、アガヒが気持ち良かったら、うれしい」

それ以外の細かいことはよく分かんない。

だけど、アガヒの気持ち良くなることを一緒にできて、アガヒの毎日に自分が欠かせなくて、アガヒの幸せが俺でつくられているなら、それは、とてもうれしい。

アガヒを満足させられるのが自分なら、うれしい。

アガヒの為に、泣いて、笑って、戦って、アガヒのいやがることをしないで、アガヒの喜ぶことをしたい。

そうして、アガヒのことを想って生きている自分がいることが、アガヒにとっての大切な毎日になるなら、うれしい。

ウラナケの知っている夫婦というのは、アガヒと生きてきた十三年だ。

朝ご飯を作ってあげたり、たまにはウラナケに甘えてアガヒが寝坊してくれたり、風呂で洗いっこしたり、ブラッシングし合ったり、一緒に買い物して、一緒に夜更かしして、ただいまとおかえりを言い合えて、ゴミ出しを率先してやってくれて、二人してゴミ出しを忘れてしまっても笑い飛ばせて、熱を出した時に、怪我をした時に、看病して、看病されて、困り事があれば一番に相談できる信頼があって、些細《ささい》なことでケンカしても仕事は命を預け合って、一蓮托生《いちれんたくしょう》で生きて、保険や税金処理の得意なほうと、ご近所付き合いの得意なほうとで役割分担して、二人で補い合って、支え合って、助け合う。

そういう生活の積み重ね。

そういう夫婦の歴史の積み重ねで、今日まで生きてきた。

ウラナケの幸せの形は、そういう形でできている。

ウラナケは、アガヒに愛されて、甘やかしてもらうことの心地良さを知った。

それをアガヒにも与えられる存在でありたい。

「それでいい？」

それで合ってる？　正解？　俺は、ちゃんとアガヒを愛せてる？

「あぁ、愛せてる」

「うん、じゃあ、いままで通りに生きてる」

今度はアガヒの腕の毛並みに沿って頬ずりして、その太い腕を己の下肢へ誘い、「もう一回抱いて」と甘えた。

＊

「ご多忙のところ、時間を割いてくださり感謝します」

「君たちが勝手に押しかけてきただけだがね」

アガヒの言葉に、クェイ家の長男サシャンが皮肉で返す。

「すげー……壺《つぼ》……死体入ってそう……」

ウラナケは、一対の壺の底を覗きこむ。

その壺の前に置かれた立派なこしらえの椅子《いす》には、クェイ家現当主センジョがふんぞり返っていた。

小難しい話はアガヒに任せて、ウラナケは、部屋のあちこちに配された骨董品《こっとうひん》を見物中だ。

新市街地にある美術館へ行くよりも、この部屋のほうが珍しい物がたくさんある。

ウラナケは、足もとに転がる護衛をひょいと飛び越えて、反対側に置かれた壺を、指先でこつんと突いた。

「君、その壺は明代のものだ。私の護衛はいくら倒してくれても結構だが、その壺は倒さんでくれたまえ」

「はぁい」

ウラナケはいい子のお返事をして、ライダースのポケットに両手を入れる。

いま、ウラナケに話しかけてきたのは、クェイ家の長男ではない。

クェイ家現当主センジョ、つまりはユィランの父親だ。

ここはクェイ家当主の部屋だから、彼がいるのは当然だ。

だが、アガヒとウラナケがここに押し入って、片っ端から護衛を床に沈めて、「さぁ、そちらの末のご子息ユィラン殿の今後について話し合いをしましょう」と脅しても、センジョは一度も声を発しなかった。

そのセンジョが、ようやっと口を開いたのは、ウラナケが壺に触れた瞬間だ。

「……なぁ、じいさん、これは？　なに？」

「唐三彩の花盤だ」

「いつの時代のやつ？」

「唐三彩なのだから、唐だ」

「……？　ふぅん……ま、いいや」

ウラナケは、黒檀《こくたん》の椅子に腰かけるセンジョの背後に回る。

その椅子の背もたれに腕をつき、身を乗り出してセンジョの隣に顔を並べ、センジョと同じ目線に立ち、当主の命は俺が握っているとサシャンに圧力をかける。

暴力はウラナケ。交渉はアガヒ。

今日のお仕事は平和的に終わりそうだ。

センジョの命を優先して、サシャンが交渉を受け入れた。

「今後、クェイ家は、ユィランと一切かかわりを持たない。ダイシャとシャオシャのしでかした愚かな行為については、クェイ家長男として私が詫びる。彼女らの子息であるジンカとジャン、彼らの死については、未来永劫《えいごう》、何人にも罪も責も問わぬ。ユィランには、生涯、彼が不自由しないだけの金銭を、現時点で、彼の口座に一括で振りこむ。その代わりとして、ユィランの名は我がクェイ家からは除籍する」

「ユィランの母と養父の遺体は？」

「勝手で済まないが、荼毘《だび》に付した。土葬にすると、ダイシャとシャオシャが……その、手慰みや気まぐれで死者を冒瀆するのでな……」

生ける屍とさせない為に、サシャンは二人を火葬にした。

「墓は？」

「私の一存で、郊外の霊園の一角に葬った。住所と連絡先だ」

サシャンは名刺入れから一枚のカードを取り出し、それをアガヒのほうへ滑らせる。

「承知した」

「君たちが行った我がクェイ家に対する無礼についても、一切咎《とが》めるつもりはない。むしろ、我が姉や甥《おい》、弟が迷惑をかけたと詫びるつもりだ。さて、その迷惑料だが……」

「辞退する。我々は、我々の雇用主から正当な報酬を得ている。そちらから頂戴《ちょうだい》する謂《いわ》れはない」

余計な金銭のやりとりをして、後々、「お前たち、あの時、我々クェイ家から金銭を巻き上げたじゃないか」と難癖つけられるのは勘弁被りたい。

それに、クェイ家の金の流れの一部にアガヒとウラナケが組みこまれることによって、ふとしたことがきっかけで、二人の存在が公に出てしまう危険性もある。

そういう可能性は、限りなく回避すべきだ。

「無欲な虎だな」

「強欲は身を滅ぼす」

「では、これで文句はないな？」

「あぁ」

アガヒは頷き、ウラナケへ視線を向けた。

「命拾いしたな、じぃさん」

ウラナケは、わざとらしく人外じみた声で嗤《わら》い、センジョの傍から離れる。

トラツグミの鳴き声を聞いて生き延びた奴は、なかなか少ない。

ウラナケが隣に立つと、アガヒは、「本日の取り決めをひとつでも反故《ほご》にした暁には、

……ユィランの身に再び危険が及んだ際には、死で贖《あがな》っていただく」と念を押した。

「私の末の弟をお守りくださり、ありがとうございます」

アガヒと対等に話していたサシャンだが、礼を述べるにあたり、踵を合わせ、頭《こうべ》を深く垂れ、礼節を以《もっ》てアガヒとウラナケに感謝した。

クェイ家の長男は、さすが誰しもが跡取りと認めるだけあって、実に礼儀を弁えていた。

だが、礼儀正しくこそあるが、事なかれ主義でもあるのだろう。

だから、あのアクの強いダイシャとシャオシャを抑えこむことができなかった。

もし仮に、アガヒとウラナケがクェイ家の跡取り騒動に口を挟むとしたなら、「早々に、サシャンの次の跡取りを育成しておくべきだ」と助言するだろう。

センジョのほうは、相も変わらずなにを考えているのか分からない。

頭を下げる己の長男を前にしても、眉ひとつ動かさない。

けれども、末息子のことよりも、骨董品のほうが大切なのは確かだった。

アガヒとウラナケは、こうして円満にクェイ家との交渉を終えた。

＊

本人の希望で、ユィランは再び教会に戻ることになった。

その教会は、ユィランのように両親を亡くした子や、多種族間に生まれた混血の捨て子、戦災孤児、行き場のない子供なんかを手厚く保護している。

ユィランは、わりとそこの生活が気に入っているらしい。

その教会で暮らしながら、両親の菩提《ぼだい》を弔い、将来へ向けて国費で進学するそうだ。

ウラナケとアガヒが調べた限り、この教会は、子供を使った人身売買に手を染めるような悪徳教会ではないようだし、権力とは一線を画した組織として運営されている。

里親探しをするにしても、信頼度が高いと評判が良かった。

「これから先、もし、どっかいい家に引き取られる可能性があったなら、里親夫婦のことを調査するくらいはしてやれるからな」

ウラナケはユィランに新しい服を着せて、靴や帽子や鞄《かばん》を新調し、めいっぱいおめかしさせた。

「こんなにしてくれなくていいよ」

ユィランはそう言うけれど、心なしか嬉しそうだった。

生き延びる為に、今日まで伸ばしてきた髪も、もう長くない。

昨日、ユィランに「切って」と頼まれたウラナケが、短く切りそろえた。

散髪を終えて鏡を見たユィランは、「久しぶりに、鏡のなかに自分がいる」と、身も心も軽くなったような、さっぱりした笑顔をウラナケに見せた。

もう、可愛い服を着て逃げ惑う必要がないのは、やはり嬉しいのだと思う。

今日も、襟付きのシャツとツイードのズボン、モスグリーンのウールの上着、やわらかい革の靴がユィランによく似合っていた。

「こちらが当座の現金だ。最低、三カ所には分けておくといい。教会暮らしは君のほうが詳しいと思うが、あまり現金は持ち歩くな。携帯電話も目立たないように使うことを勧める。書類や契約書、証書関連は貸金庫だ。鍵《かぎ》を失くすなよ。声紋と虹彩《こうさい》の認証も必要だ。弁護士の連絡先は携帯電話に登録してある……が、君ならもう暗記しているか……」

アガヒはひとつひとつ説明しながら、ユィランの鞄に必要なものを詰めた。

「……アガヒはぼくまで甘やかすの？」

ウラナケにするように、ユィランにも至れり尽くせり。

この大きな虎は、一度懐に入れた者にはとことん甘い。

「困ったことがあれば、俺かアガヒ、弁護士に連絡すればいいからな？」

ウラナケはユィランの目線にしゃがみこみ、耳と耳の間の頭を撫でる。

「ただし、次に仕事を依頼してくる時は、仲介業者を挟まずに、直接、電話してくるように」

「まぁ、殺しの依頼なんかしてこないほうがいいんだけどな」

アガヒとウラナケは顔を見合わせて笑う。

「……なんで、ぼくが、……二人に依頼したって、知ってるの……」

ユィランは頬を強張らせ、二人を見やる。

「そこはまぁアガヒのお手のものってやつ。俺とユィランが一緒に行動している時、アガヒは単独行動だっただろ？　その時、それを探ってたんだよ」

「でも……」

「決定打は、ダイシャとシャオシャが、俺たちにジャン殺しを依頼したこと」

ウラナケとアガヒは、自分たちを餌にした。

ユィランには内緒で、この二人こそが、ジンカを殺した殺し屋だとあちこちの情報屋に吹聴してもらい、モリルにもその情報を流してもらった。

そしたら、案の上、その噂を聞きつけたダイシャとシャオシャから、ウラナケとアガヒにジャンの殺害依頼がきた。

彼女たちは、ジャンを囮にして、ジンカの仇《かたき》を誘《おび》き出そうとしたのだ。

さらに彼女たちは、ジンカ殺しがユィランの差し金か否かを確認しようとした。

ダイシャとシャオシャからジャンの殺害依頼がきた時、ユィランはひどく狼狽《ろうばい》していた。

ユィランは、その時、ウラナケとアガヒにジャンの殺害依頼を出していなかった。

なのに、ウラナケとアガヒは、「ジンカを殺した依頼主と同じ人物から、ジャンの殺害依頼がきた」とユィランに伝えた。

だからユィランは困惑した。

それを見て、アガヒとウラナケは確信した。

ユィランが、ジンカ殺しの依頼主だ。

「ぼくにカマかけたの？」

「うん」

ユィランは、ジャンの殺害を依頼していない。

依頼していたら、そんなふうに驚かないし、狼狽えないし、自分の計画が狂い始めていることに呆然《ぼうぜん》としない。

ユィランが依頼したのは、ジンカの殺害だけ。

ダイシャとシャオシャがアガヒの張り巡らした罠にかかり、ユィランもボロを出した。

誰が誰を狙っているのか、アガヒの計略で炙《あぶ》り出した。

「俺のアガヒ、賢いだろ」

「ぼくのこと、信用してなかったの？」

「だって俺たちは俺たちのことしか信じてない」

ウラナケとアガヒは、ウラナケとアガヒしか信じていない。

たとえユィランであっても、完全に信じることはない。

「……なぁ、ユィラン、別に俺らはそれを責めるつもりはない。生きてれば、どうしたって、死んで欲しい消えて欲しいと思う奴と巡り合う時がある。それに、俺たちに依頼したのは見る目があったと思う」

「俺たちのことをお前に紹介したのは……、モリルだな？」

「あ、モリルが言ったんじゃないからな。俺らが勝手に調べただけ」

アガヒとウラナケは、モリルはなにひとつとして喋っていないとフォローする。

あの情報屋は、ものすごく口が堅いのだ。

「……モリルは、ぼくがお世話になってた教会に、時々、来てたの。……モリルは、教会に資金援助してて、ぼくみたいな親のいない子たちに、お洋服とか、お菓子とか、本とか玩具《おもちゃ》、月に一度、そういうのをたくさん持ってきてくれるんだ」

その時、モリルと出会った。

モリルは、ひと目でユィランの女装を見抜いた。

他人の目から隠れようとするユィランに、モリルのほうから声をかけてきた。

「ウラナケとアガヒ。そういう二人がいるから紹介してあげる……って」

「信じたのか」

「信じるしかなかったよ」

だって、五歳のユィランには、ほかに縋る術《すべ》がなかった。

ちょっと頭が賢いくらいじゃ、この世の中、一人で生き抜くことはできないのだ。

「だから、最低限のことだけモリルに助けてもらって、あとは自分で頑張ろうと……」

「だが、自分でカタをつけようとしてはいけない」

「ほんとに……アガヒはなんでもお見通しなんだね」

ユィランは、「敵《かな》わないなぁ……」と眉を顰《ひそ》めて笑った。

半年前、ダイシャとシャオシャが、ユィランと両親の三人の命を狙った。

それによって両親だけが亡くなった。

「おとうさんとおかあさんは、ぼくの巻き添えで殺されたんだ。ぼくだけを殺すのが面倒だから一緒に殺せ……って。……ねぇ、アガヒとウラナケは、ダイシャとシャオシャがぼくを狙った理由を知ってる？　すごくくだらないんだよ」

両親が殺されるさらにそのすこし前。

五歳になったばかりの三月、ユィランは初めてクェイ家の敷居を跨いだ。

センジョ、つまりは実父と会う為だ。

理由は、ユィランが国の人材育成研究プログラムへの参加が決まったから。

その研究に出資しているクェイ家は、どこかからその情報を入手し、センジョは、優秀な末息子と一度会っておこうと思ったらしい。

戯れに下働きのメス兎に手を出し、孕ませておきながら、いざとなると、そのメス兎を煩わしいと煙たがり、端金《はしたがね》を持たせて追い出したくせに……。

オスとしての責任はおろか、父親としての責任も放棄したくせに……。

おいしいとこどりだけしようとした。

ユィランの才能を、クェイ家の為に利用しようとした。

クェイ家は、いまでこそ裏家業が道士で、表家業が製薬会社だが、昔は逆だった。

その昔、高名な道士が興した家系で、血筋的にも、そちらの才能に恵まれた子が生まれることが多かった。

いま現在も、そうだ。

裏家業のほうは、ありがたいことに跡取り候補がたくさん生まれ、お家は安泰……のように思えたが、そちらの血が濃く出れば出るほど、その者の性格は破綻《はたん》していった。

ダイシャやシャオシャのように、道士としての才覚はあるが、人格破綻者。

彼女らは裏家業には最適だが、表に出してはいけないタイプだ。

ならば、問題なく人前に出せて、性根の良さそうな子が求められるわけだが……。

「表のほうの跡取りが足りないのか」

「うん。お勉強ができて、頭の回転が速くて、会社を経営する才覚があって、常識的なことを弁えた……一般的に見てまともな人格者。他人と円滑にコミュニケーションがとれて、なおかつ、裏家業に携わる一族の者を治めることのできる人材……っていうのには、恵まれない家系だったみたい」

現当主センジョ、次期当主サシャン。

そこまでは決まっているが、その次に最適な者がいない。

センジョ亡きあと、サシャン一人であの一族をまとめるには少々の不安が残る。

では、次々代の当主候補としてユィランを手元に引き取り、養育しよう。

センジョがそう決定して、サシャンが差配し、ユィランを本宅へ招いた。

ダイシャとシャオシャのそれぞれの息子、ジンカとジャンもその場に呼ばれていた。

ジンカとジャンは、クェイ一族のなかで見れば、まだマシな性格だったが、世間一般的に見て、立派な跡取りとして活躍できるほど優秀かと問われれば、そうでもなかった。

センジョとの面会の日、三人のなかでもっとも幼いユィランがもっとも優秀で、もっとも表家業の後継者として最適だと、誰しもが理解した。

表の跡取りは、ジンカかジャンだと噂されていたのに、それが覆された。

ダイシャとシャオシャは、己の息子のどちらかを表舞台のトップに君臨させる為、ユィランを殺そうとした。

結果として、ユィランの両親だけが殺された。

ユィランだけが助かった。

教会に逃げ隠れたユィランは、そこにいながら復讐を決意した。

とにかく、自分の姿を表に出さないかたちで動き、自分の研究成果を売ってお金に変え、第三者を雇って情報収集し、半年かけて両親を殺した犯人を突き止めた。

「でも、誰にお願いすればいいか分からなかった……」

親の仇を殺してください。

誰にそれを頼めばいいか分からなかった。

スラムや特別な地区へ行けば殺し屋がいるのは知っていたが、どの人が優秀で、どの人が偽者で、どの人が依頼をちゃんと達成してくれるのか、その判断基準がなかった。

そんな時、モリルと出会った。

ウラナケとアガヒのことを教えてもらった。

ユィランは、モリルの知恵を借り、電話一本で済む仲介業者をいくつも経由させて、まずはジンカを殺すよう依頼した。

ウラナケとアガヒは、ユィランの依頼と知らずにジンカを殺害した。

「なんで、ダイシャとシャオシャじゃなくて、その息子たちを殺すことにしたんだ？」

「本人を殺す前に息子たちを殺して、肉親を奪われる苦しみを返したかったから」

「あぁ、うん。なんとなく分かる、その気持ち……」

大切なものを奪われる苦しみは、大切なものを奪うことでしか、慰められない。

そして、それは一時の慰めにはなるが、ユィランの悲しみを埋めることはない。

それでも、そうせずにはいられない。

「ほんとはね、時期を見て、何年もかけて……ジンカ、ジャン、ダイシャ、シャオシャ、センジョ、サシャン……って、一族の全員、殺してやるつもりだったんだ」

でも、そうする前に、ダイシャとシャオシャに見つかった。

ユィランは教会から逃げた。

「俺と出会ったのも、偶然じゃなかったんだな」

「モリルが教えてくれたんだ。ウラナケとアガヒは裏社会で生きてるわりには、まっとうな人間性だから、絶対にぼくを助けてくれるって。でも、チャイナタウンで遭遇できたのは本当に偶然だったし、あんなにすんなりぼくを助けてくれるとは思ってなかったよ」

それについては、ウラナケの過去があってのことだ。

かつて、無力な子供だったウラナケは、アガヒに救われた。

ウラナケは、ユィランにもそれを施してくれた。

そして、ウラナケとアガヒは、いつもユィランが傷つかない方法を選んでくれた。

「……二人とも、そんな顔しないで」

「だって、お前、まだ子供なのに……」

まだ子供なのに、この半年、人を殺すことばかり考えて、一人で生きてきた。

まだ小さいのに、親を亡くした。

これから先、その現実とともに生きていく。

「でも、ぼくは、ぼくの意志で……人を殺すって決めたから……」

数だけは多いあの一族全員を、一生かけてでも殺そうと決めていた。

でも、ウラナケとアガヒのお蔭で、たくさん人殺しをせずに済んだ。

二人が、ユィランを守ると決めてくれたおかげで、ユィランは、最初のたった一人の命を奪う依頼をするだけで済んだ。

きっと、ユィラン一人で生き続けて、これからもたくさん殺すことを一人で決めて、それを実行していたら、あっという間に心が壊れていたと思う。

壊れながら、殺していたと思う。

だから、ユィランは、この二人に救ってもらったのだ。

「……あのね、……夜、眠れなかったら電話してもいい？」

「もちろん」

アガヒがユィランを抱き上げる。

「時々、二人が暇な時でいいから、遊びにきていい？」

「当たり前じゃん」

ウラナケが、アガヒごとユィランを抱きしめる。

「……もし、どうしても一人じゃだめな時は……」

「迎えに行くから」

アガヒとウラナケは、二人同時に同じ言葉を口にする。

「くるしいよ、二人とも」

二人の胸の間にぎゅうぎゅう挟まれて、ユィランは笑った。

おとうさんとおかあさんのにおいとは違うけれど、この二人のにおいに包まれていると、おとうさんとおかあさんと一緒にいる時みたいに、ふぁふぁ、気持ち良かった。

教会に送り届けるぎりぎりの時間まで、そうして三人でずっと親子みたいに寄り添っていた。

「ありがとう、……ふたりとも、ありがとう……」

ぐずぐずのべしょべしょに泣きながら、ユィランは何度もそう繰り返した。

＊

「半年以上前のことなんて覚えてねぇよ！」

男は、そう叫んだ。

その叫びが、男の最期の言葉になった。

大粒の雪が降り積もる夜、閉鎖された工業地帯の一角が、この男の墓場になった。

「アガヒ、帰ろう」

「あぁ」

脳天を撃ち抜かれた死体を一瞥《いちべつ》し、ウラナケとアガヒは踵《きびす》を返す。

たったいま死んだばかりのこの男も、ウラナケたちと同業者だ。

因果なもので、誰かから依頼を受けて誰かを殺せば、殺された誰かの仇を討とうとする別の誰かの依頼を受けた殺し屋が、殺し屋を殺す。

まぁ、よくあることだ。

「ユィランもまだ子供だよなぁ」

「それはそうだろう」

ユィランは、依頼主であるダイシャとシャオシャを復讐の対象に定めた。

でも、本来、いちばんに復讐すべきは、ユィランの両親を殺した実行犯だ。

そこを忘れるなんて、まだまだ子供だ。

「ま、アフターサービスってとこかな」

「蛇足かもしれんがな」

ユィランに断りなしに、ウラナケとアガヒが勝手にしたことだから、ユィランは怒るかもしれない。

でも、許してくれるかもしれない。

これは、愛しいユィランを置いて死んでしまった、ユィランの父母への手向けだ。

彼らがそれで喜ぶかどうかは知らないが、ウラナケとアガヒは、これくらいしかしてあげられない。

「さむい」

今夜もアガヒの上着を追い剝ぎして、帰り道を二人で歩く。

「どこかで一杯呑んで帰るか？」

「英雄広場にワゴンが出てた」

「あぁ、先月から店を広げていた、あの、気の早いクリスマスワゴンか」

「ホットワインとシュトーレン売ってた」

「では、そこにしよう」

「あー……ユィランのクリスマスプレゼントなににしよう」

「サーカスを見に行きたいと言っていた」

「じゃあそれだ。……でも、ユィラン一人だけ連れていくと教会でいじめられるかもしれないから、サーカス貸し切って全員招待だな。あとは……上等のペンと紙」

「なんだそれは？」

「ユィランいっぱい勉強するって言ってたからさ、上等のペンと紙があると、テンションあがるじゃんか。ユィランのちっちゃい手でも疲れないようなペンがいいな」

「なるほど、では次の休みに探しに行こう」

「ウールのセーターとかはクリスマス前に送ったほうがいいよな？　雪用の長靴も……、もう一個？　もう一足？　あっても困らないだろうし、それから……」

「それから？」

「あんまり、会わないようにしないとな」

物は贈っても、ユィランとウラナケとアガヒの間に、特別な関係があると表に出ないように……。

ユィランが教会へ戻ると言った時、ウラナケとアガヒ、双方の脳裏に、「俺たちが引き取れば……」と、そんな考えが過《よ》ぎったのは確かだ。

だが、すぐにその考えは打ち消した。

こんな商売をしているのだ。

ユィランを傍に置いておけない。

それどころか、ウラナケとアガヒがどこかの誰かの恨みを買って、いつ、ユィランにその矛先が向けられるか分からない。

それに、なんだかんだと夜は留守が多いし、ユィランを一人にすることが多くなる。

でも、教会なら、いつも、必ず、誰かがいる。

誰かがいればそれで大丈夫というわけではないが、夜、孤独を抱いて一人で泣いている時、それに気づいてくれる誰かがいることは、大切だ。

ウラナケとアガヒには、それができない。

自分たちにできることは、陰から見守る役目に徹することだけ。

そして、必要な時に頼れる絶対的な後ろ盾として存在するだけ。

それこそ、自分たちの息子のように愛して。

ユィランの父母ができなかったことの、そのひとつだけでも手助けできれば嬉しい。

「あー……雪、やんだ」

よく晴れた夜空に、星が瞬く。

二人して空を見上げて、ユィランが今夜も暖かい寝床で眠っていてくれることを祈った。

【6】

「静かだな」

「うん。……ちょっとさみしい」

ユィランが去ったあとの自宅で、二人きりで過ごしている。

出会って十三年。ずっと二人だったのに、なんだかちょっとさみしい。

最近は、三人で風呂に入るか、アガヒかウラナケのどちらかがユィランと風呂を一緒にしていたから、二人でこうしてバスタブに浸《つ》かるのはすごく久しぶりで、物悲しい。

「んー……朝風呂さいこう……のはずなのになぁ」

アガヒの懐に凭れかかり、大きな伸びをする。

腹に回ったアガヒの腕が、ウラナケの下腹から内腿を撫で下ろすから、ウラナケは首を仰け反らせて「えっち」とアガヒをからかう。

「そろそろ上がるか？」

「もうちょっと」

「けっこうあったまったぞ」

「分かってないな、アガヒ君は」

「……？」

「いいから、ほら、もうちょっと背中と内腿の股関節《こかんせつ》のとこ揉んで」

すぐにいたずらしてこようとするアガヒの腕をとり、股関節を揉ませる。

「明日は、久々に一日どこかへ出かけるか」

「その前に部屋中に掃除機かけたい」

「分かった。午前中にやってしまおう」

「じゃ、それからデートして、帰りに旅行社寄ろう？」

「どこに行く？」

「カナリア諸島でバカンスか、東南アジア、日本で城巡りと温泉もいいよな～」

「フィンランドで温泉とオーロラもいいと思うぞ」

「ぜんぶ行けばいいじゃん？」

「それもそうだ」

がぶっ。アガヒがウラナケのうなじに噛みつく。

「くすぐったい」

ウラナケが笑うと、アガヒが喉を鳴らして頬ずりしてくる。

「とらひげ、じゃま」

「すまん」

「……ふふっ、ゆるす」

アガヒの胸に凭れかかり、顎下から耳の付け根に腕を回して、すりすり。なでなで。

反対の頬に頬を寄せ、唇を押し当てる。

ウラナケは、バスタブのふちに置いたガラス瓶を指先で手繰り寄せた。

汗をかいたそのガラス瓶を呷《あお》ると、冷えた炭酸水が喉を滑る。

残り半分をアガヒに飲ませて、口端に伝うそれをぺろりと舐めとった。

「……でかい」

空になったガラス瓶を湯船に沈めて、ウラナケの背に当たるアガヒの陰茎と比べてみる。

「ウラナケ……」

「ごめんごめん、ちょっとやってみたかったんだって。……雰囲気ぶち壊した？　あとでイイことしてやるから許して……な？　もうちょっとだからさ……」

バスタブに浸かった状態で、開ける限界まで股を開き、背中や腰、関節の稼働域を確かめる。

ぬるめのお湯に浸かり、全身を揉みほぐして、腰から下をじっくり温めたから、ほどよく筋肉がゆるんでいる。

そしたら、お尻もゆるくなるし、ナカも温まってとろとろのふわふわ。

アガヒが挿れた時に、あったかくてきもちいい。

関節もやわらかくなって開きやすくなるから、いつもより奥まで入る。

「ここで一回してく？」

「あぁ」

「がばっと股開いてやってくれていいから」

久々のオフだ。

朝陽の差し込む温かい風呂に入り、アガヒに優しく肌を撫でてもらったり、揉んでもらって、下準備に時間をかけたから、多少、強引なセックスもできる。

そうはいっても、アガヒは優しいセックスしかしないから、ウラナケは自分から股を開いてアガヒを誘い、オス虎の理性の箍を外させる。

「アガヒの好きにしていいよ」

「では、いつものようにお前を愛したい」

「そうじゃなくてさ、アガヒがいちばん気持ち良くなる方法でやっていいよって意味」

「お前のなかは、いつもきもちいい」

「…………」

「ウラナケ？」

「俺が乱暴にされたいんだよ」

「どうして？」

びっくりした顔でアガヒが尋ねる。

「……………え、っと……愛されたい、から……？」

「俺はお前を愛してる」

「それは知ってる。知ってるけど……」

知ってるけど、たまには激しく求められて、アガヒが自分本意の欲を剝き出しにして、めちゃくちゃにされたい。

発情期以外で、そうされたい。

マズルガードが必要になるくらい、めちゃくちゃに愛されたい。

「どうして？」

「……どうして……って、そんなふうになったアガヒを受け入れたら、俺もアガヒのことを大事に想ってるって伝わるかな……って」

愛を、伝えたい。

アガヒがくれるように。

でも、方法が分からない。

「……俺は、産んであげられないから……」

どれだけ気持ちのいいセックスをできても、結果がない。

アガヒに家族を増やしてあげられない。

「ウラナケ……」

「……ごめん、言っても仕方のないことなんだけど……」

「謝るな」

「……俺が、産んであげたかった……」

自分たちの間に子供ができないことは分かっている。

人外は、オスもメスも孕む種類が多いが、ウラナケの胎は使えないし、アガヒには子宮がない。

そういうこともぜんぶ分かったうえで、お互いに納得ずくで、普段はそれを軽口にできるくらいの関係性を築けていて、二人で支え合って生きてきた。

でも、やっぱり、産んであげたかった。

「俺は、アガヒが大事なんだ」

「……」

「アガヒと離れたくない」

「知ってる」

「知ってない」

「知ってる」

「だって、俺、ぜんぜん……アガヒに好きって言ってない」

「言わなくても分かる」

アガヒが笑った。

「なんで！」

「なんでと言われても。……お前を見ていれば分かる」

ウラナケの、アガヒと呼ぶ声だけが甘い。

アガヒにだけ微笑む仕草がやわらかい。

アガヒにだけとろけて開く体が愛しい。

アガヒを想っての行動が、すべてアガヒのしあわせに繋がる。

生きているだけで、アガヒの為になっている。

ウラナケのなにもかもが、アガヒの為に生きている。

アガヒを愛する為に、その心臓さえ動いている。

ウラナケの声で「アガヒ」と呼ばれるたびに「すき」と言われている気持ちになる。

実際、ウラナケがアガヒを呼ぶ時の声は、鳥の求愛みたいに、かわいい。

あがひ、あがひ。

すき、すき。

アガヒだけの鳥が鳴く。

アガヒの為だけに、トラツグミが鳴く。

単純な脳味噌で、あがひ、あがひ、すき、すき。

いちばん大切なことだけ、伝えてくる。

けっして途絶えることなく、唄い続ける。

アガヒにはそう聞こえるし、そして、それは間違いではない。

だって、アガヒがそれに返事をすると、鳥が嬉しくて羽搏くみたいに笑って、恥ずかしがるみたいにきゅうと喉を鳴らして、ぴっとりと、すり寄ってくるのだ。

「吾が日《アガヒ》」

鵺の生まれ故郷の言葉で、求愛してくれる。

私の太陽。

私の希望。

私のきらきら、まぶしい人。

ウラナケが最初に教えてくれた、ウラナケの言葉。

出会った瞬間に、ウラナケの太陽だと想った人。

ウラナケにとっての太陽。

だいすき。

「……あがひ」

恥ずかしそうにアガヒを呼ぶ声も、甘ったれな声でアガヒを呼ぶ声も、ちょっと怒ってアガヒを呼ぶ声も、泣きながらアガヒを呼ぶ声も、ぜんぶ、愛に満ちている。

ウラナケは、いちばん大事なことはすべて行動で説明する。

それは、ずっと一緒にいるアガヒだから分かる。

ウラナケの気持ちのぜんぶはアガヒに向けられているから、アガヒ以外には分からない。

「お前の愛は俺に届いてる」

「……っ」

「俺の子を産みたいと想ってくれてありがとう」

ウラナケは、いまのままでいてくれればいい。

それだけで充分、アガヒはしあわせだ。

こんなに愛らしい小鳥と、二人で作り上げたこの巣穴で番《つが》える日々が、しあわせだ。

「ウラナケ、愛してる」

「……あがひ」

アガヒの首に両腕を巻きつけ、ぎゅうと抱きしめる。

「これからも、二人で生きていこう」

悲しいことも、苦しいことも、つらいこともあるだろう。

それでも、夫婦は苦楽を分かち合う。

一緒に泣いたり、笑ったり、心配したり、悩んだり、救い上げたり、堕《お》ちたり、ぜんぶ、二人で、する。

夫婦は支えあう生き物だから。

台所に並んでご飯を作って、片方が掃除機をかけて、もう片方が窓を拭《ふ》いて、アガヒはウラナケが怪我しないように錆《さ》びた手すりの補強をして、ウラナケはアガヒが頭をぶつけた洗濯機の上の戸棚の修理をして、テラスに置いたひとつきりのカウチで二人一緒に寝転んで、おひさまの下で昼寝をして、手を繋いで、キスをして、明日、死ぬかもしれないから、今日が最後だと思って、二人で生きている。

いまを満喫しようと二人で誓っている。

「アガヒ」

ウラナケは、今日も愛しいアガヒを呼ぶ。

呼べば呼ぶほど、トラツグミと虎はしあわせになった。

あとがき

こんにちは、鳥舟です。

「つがいは愛の巣へ帰る」お手にとってくださりありがとうございます。

今回は獣人モノで、欧州や東欧の古風な街並みで暮らしている殺し屋夫婦のお話です。

もしかしたら、別次元の並行世界のどこかに、こんなふうに、獣人や、人外や、人間が、まるで普通に暮らしている世界があるかもしれない、そして、それはとても楽しそうだし、社会制度や生活様式も多様化していて、いまの世の中とはまた異なった常識、文化文明の発展、問題提起があるんだろうな……と、想像しながら書きました。

さて、毎度のことながら、登場人物についての小ネタなどを……。

ウラナケ。小鳥が鳴くのと同じ頻度でアガヒと呼ぶ人。普段の移動手段はバイクで、ライダースを着用。ライダースとショートトレンチはアガヒに買ってもらったお気に入り。アガヒの作ってくれた初めての手料理がホットケーキなので、ホットケーキには思い入れがある。雛鳥の学習みたいに刷り込みが激しい性格のせいか、弱っている子にはホットケーキを焼いてあげれば元気づけられると思っている。

アガヒ。好きな子が宗教。愛が重い深い。車の運転が穏やか。扉の開閉が静か。食器を下げる時にガチャガチャ鳴らさない。休日には、Tシャツと短パン姿でベランダBBQをする。でっかい肉を焼く。ウラナケとおそろいのTシャツを着るのも恥ずかしくない。むしろ、嬉しい。おでかけの時はウラナケが選んだ服をそのまま着ます。

ユィラン。耳と尻尾をウラナケにふわふわされると気持ちいいのは内緒。

モリル。見た目もお洋服も姿形もすべて鳥舟の趣味を詰めこみました。男の人です。

原稿中の真夏の盛り、「暑いから気をつけてくださいね」と気遣ってくださった担当様、いつもお世話になっております。そして、隅から隅までありがとうございます。

左の口元に黒子を添えて、ぐっと色気の増したウラナケを作ってくださった葛西リカコ先生、ありがとうございます。挿絵を拝見して、物事の捉え方や空間把握の視点など大変勉強になりました。絵は描けませんが、この時感じたものを小説に活かしていきたいです。

そして、この本を手にとり読んでくださった方、お手紙を送ってくださった方、日々、仲良くしてくれる友人たち、ありがとうございます。それでは、また次のお話で……。

鳥舟あや

本作品は書き下ろしです。

ラルーナ文庫

この本を読んでのご意見・ご感想・ファンレターなどお待ちしております。〒111-0036 東京都台東区松が谷1-4-6-303 株式会社シーラボ「ラルーナ文庫編集部」気付でお送りください。

つがいは愛《あい》の巣《す》へ帰《かえ》る

2018年11月7日　第1刷発行

著　　者｜鳥舟《とりふね》あや
装丁・DTP｜萩原 七唱
発 行 人｜	發 行 人｜曺 仁警
発 行 所｜株式会社 シーラボ
〒111-0036　東京都台東区松が谷 1-4-6-303
電話　03-5830-3474／FAX　03-5830-3574
http://lalunabunko.com
発　　売｜株式会社 三交社
〒110-0016　東京都台東区台東 4-20-9　大仙柴田ビル 2 階
電話　03-5826-4424／FAX　03-5826-4425
印刷・製本｜中央精版印刷株式会社

　ISBN978-4-87919-968-3